書下ろし

# 悪の血

草凪 優

祥伝社文庫

# 目次

# プロローグ

嵐の中で生まれ、地獄をサバイブしてきた。

狭いアパートの中はいつだって荒れ狂う暴力の嵐だった。自然のハリケーンは無差別にすべてを破壊するが、人間の暴力にはマトがある。暴力を振るう人間は、いつもギラついた眼でこちらを見ている。酒に酔って脂ぎった顔がいまにもドロリと溶けだして、人間の顔の下から鬼が現れてきそうだ。

子供は怯えて、息をひそめていることしかできない。気絶するまで殴られた恐ろしい記憶が身をすくませる。大人と子供じゃ反撃なんてできない。そもそも空腹すぎて抵抗する気力もない。

味方はいない。味方がどういう存在なのかさえわからない。

逃げだすか、死か――選択肢はふたつだった。

一日中つけっぱなしのテレビで、あるとき、実在の脱獄王をモデルにしたドラマをやっていた。全身の関節を簡単にはずすことができる特異体質の持ち主。狭い鉄格子の間をすり抜けることができる。一日に一二〇キロ走れる体力もあり、生涯実に四度もの脱獄に成功したらしい。

夢中になって観た。特異体質が欲しかった。理不尽に襲いかかってくる暴力をすいすいとかわし、どこまでも逃げていける足があればいいと思った。

残念ながら、自分にはなさそうだった。ないなら手に入れるしかない。自分の中にあるほんのちょっとの可能性を、必死になって磨くのだ。

ここから抜けだすためには、なにを磨けばいいのだろう?

勇気ではないか、と思った。

痛めつけられても、泥にまみれても、へこたれない勇気。

ずいぶんと頼りない武器だったが、それだけを力いっぱい握りしめて、地獄を飛びだした。

脱出には成功したものの、残念ながら、外の世界にも似たような嵐が吹き荒れていた。

# 第一章　屈辱

1

　気がつけば、また地面を見ながら歩いていた。

　猫背になるのも顔を伏せて歩くのも昔からの癖だが、小柄なキミがそうやっていると悪目立ちするからやめなさい、と注意されたばかりだった。

　佐藤和翔は顔をあげ、視線だけを動かしてあたりの様子をうかがった。夕暮れ時の有楽街には、ちらほら人が出はじめていた。ＪＲ五反田駅東口に位置する、俗悪ピンクゾーン。そろそろ酒場の看板に灯りがつく。立ち飲み屋では早くも酔いはじめてる輩もいたが、賑わってくるのはまだ先だ。

　六月でも日が暮れると風は冷たかった。有楽街に吹いている風にさわやかさは微塵もない。饐えた匂いか、安っぽいローションの香りを孕んでいる。夜が深まれば、風俗の無料案内所に飢えた男たちが集う。ビルの看板にはサラ金がやたらと目立つ。

ソニー通りに出ると、駅に向かうサラリーマンの流れに逆らってしばらく歩き、パチンコ屋に入った。この界隈ではもっとも大箱の店で、いまの時間は満員に近い。

和翔は台を物色するふりをして店内を一周まわった。煙草くささに閉口し、どこを見ても眼がチカチカする。パチンコに興味はない。ギャンブルで儲かるのは胴元だけ。つまり、パチンコならパチンコ屋以外は絶対に損をする。それがわかっていて打っている人間の気が知れない。

男と眼が合った。正確には一秒だって見ていない。ノールックでキラーパスを出すサッカー選手のように、視野の端で確認しただけだ。トイレに向かった。小便器の前に立ち、用も足さずに待った。男が入ってきて隣に並ぶ。和翔はGジャンのポケットから煙草の箱を出した。アメリカンスピリットのオレンジ。男も同じものを出し、交換する。月に一度の定期便だ。男は中身を確認することなく、そそくさとトイレから出ていく。さっさとキメたくてしかたがないのだろう。パッと見は普通のサラリーマンでも、完全に嵌まっている。パチンコに嵌まるよりマシなのかどうか、和翔にはわからない。

男が渡してきたアメスピのボックスには、煙草なんか一本も入っていない。一万円札が二枚。和翔が渡したほうには、〇・三グラムのシャブのパケがふたつ。それで二十回くらいは天国に行けるらしい。もっとも、和翔は天国の景色がどんなものか見たことがなかったが。

パチンコ店を出ると、有楽街に戻った。大通りに面したところやテナントビルにはチェーン店の看板も眼につくが、中に入ると個人経営の小さな店が賑々しく身を寄せあっている。モツ焼き屋、海鮮居酒屋、韓国料理屋。ビルの階上には、アダルトショップ、アジアンエステ、ファッションヘルス。夜の帳がおりるほど、原色のネオンがエロティックな彩りを帯びてくる。

路地裏に入ると道が暗くなり、まだ夕暮れ時なのに一気に真夜中になってしまったかのようだった。空気も妙にじめじめしていて、ダンゴムシがいる石の裏側みたいな匂いがする。先に進むと、古いラブホテルが二軒ある。和翔はその手前にあるマンションに入った。健全な生活を営んでいる住人なんて、おそらくひとりもいない。デリヘルの事務所兼待機所がいくつも入っていて、夜が深まると表情も身なりも疲れきった女とよくすれ違う。

階段で三階まであがり、三〇一号室の呼び鈴を押した。エレベーターを使わないのは、他の住人と顔を合わせたくないからだ。大西さんが扉を開けてくれた。脚が悪いので、室内でも杖をついている。いつも申し訳なく思うが、決して合鍵は渡してくれない。部屋は六畳くらいのワンルーム。家具なんてほとんどないのに、どういうわけかひどく狭く感じる。

大西さんはパケをつくっていたようだ。ガラステーブルの側にある椅子に無言で座り直し、作業に戻った。ステンレスの耳かきを使って、大きなパケから小さなパケに小分けしていく。大西さんはやたらと手際がいい。目分量にほとんど狂いがなく、スケールで計るときっちり〇・三グラムになっている。

アメスピのボックスから一万円札を二枚出し、テーブルに置くと、

「次は西口地下のパチ屋です」

パケを三つ渡された。和翔は受けとり、空になったボックスに入れた。

「でも、まだちょっと早いですね。六時半って言ってましたから」

時刻は午後六時を少しまわったところだった。

和翔はパケ入りのアメスピボックスをGジャンのポケットにしまい、フローリングの床に腰をおろした。この部屋には大西さん専用の椅子しかない。

あくびを嚙み殺しながら、ぼんやりと大西さんの手元を眺めた。銀色の耳かきで白いパウダーをすくい、パケに入れる。繊細な指の動きが熟練の職人のようで、見ているとなんとなく落ち着く。安心する、と言ってもいい。

大西さんは六十代半ばくらい。褐色の顔に深い皺が刻まれ、後ろでひとつに束ねている髪が真っ白だから老けて見えるが、実際はもっと若いかもしれない。このシノギを三十年近くやっているのに、ただの一度もパクられたことがないという。

「臆病者だからです」

と言っていた。

「臆病者で欲がないからパクられないんですよ」

シャブをさばいている人間で、そういうタイプは珍しい。臆病者は大勢いても、欲深い連中ばかりだ。自分を臆病と認められず、虚勢を張っているやつも多い。その手の輩は自分でもシャブに嵌まり、挙動不審で職質を受けてパクられる。馬鹿じゃないのか、と思う。

大西さんは元やくざらしいが、釣果など見込めそうにない港で釣り竿を持っているお爺ちゃんのように物静かだ。危ない橋は決して渡らない。そんなことをしなくても充分に稼げることを理解している。

だから和翔は、彼の下で働いている。十八歳で出会い、そろそろ二年半になる。身の危険を感じたことは一度もない。大西さんと知りあう前もやばい仕事しかしていないが、当時はパクられるかもしれないという不安も、殺されるかもしれないという恐怖も、何度となく味わった。

大西さんは、自分の眼で見定めた安全性の高い固定客をたくさんもっているのだ。不良や外国人には決して売らない。客はごく普通のサラリーマンばかりなので、扱っているものが非合法薬物という点を除けば、やっていることは煙草屋の配達みたいなものだった。

「和翔くんは……」

大西さんが言った。視線は耳かきだ。

「そろそろ二十歳の誕生日ですか?」

「いえ……」

和翔はちょっとバツが悪かった。

「もうなりました。実は三カ月前に……」

「そうでしたか。なら、いつまでこんなシノギをしてるのでしょう?」

パウダーをすくった耳かきから、視線が和翔に移る。病気にかかった老犬のように、大西さんの眼はいつも異常に潤んでいる。しかし眼光は鋭い。金しか信用しない眼をしている。だから逆に、信用できる。

「あと四年……」

和翔は大西さんの顔色をうかがいながら言った。

「いや……あと二年くらいを目処にして……」

未成年でなくなれば、パクられたときのリスクが格段にあがる。売買していれば、執行猶予がつかない可能性が高い。だから大西さんには、二十歳になったら足を洗えと言われていた。それまでにできるだけ金を貯めろと。

「お金、貯まってないのですか?」

「……まあそうです」

和翔は頭をかいた。

「しょうがないですねえ。金遣いが荒いようには見えないのに……」

やれやれと溜息をつかれ、

「……さーせん」

和翔は身をすくめて頭をさげた。

金遣いが荒いわけではない、と言い訳したかった。だがたぶん、そんなことくらいわかってくれている。大西さんの眼はあざむけない。片脚が不自由という売人として致命傷を負ってしまった彼が、十八歳のガキを使いっ走りに雇った理由ははっきりしている。

和翔の本質を見抜いたからだ。

臆病者で欲がない……。

## 2

午後九時。

和翔は有楽街の入口にあるカラオケ店に向かった。

仕事ではない。客からの電話がいちばん多い時間帯だが、大西さんに無理を言って二時間ばかり抜けさせてもらった。

路上でぼんやり立っていると、

「よう」

後ろから声をかけられ、振り返った。和翔よりひとまわり体が大きく、和翔より猫背になった男が、卑屈な笑みを浮かべていた。それが彼にとって普通の笑顔だった。眉毛が八の字だから、さわやかに笑えないのだ。

辻坂基生――和翔のたったひとりの親友である。親友という言葉は好きではないが、他に言い様がない。年が同じで、共通点も多い。

「背中を丸めて歩くなよ。悪目立ちするぞ」

数日前、大西さんに言われたことをそっくりそのまま言ってやったが、

「いやー、かっちゃんの真似なんだけど」

　基生は意に介さず、ますます背中を丸めて上目遣いで睨んできた。和翔をコピーしたその様子が、いかにもすぐにやられるチンピラのようだったので、和翔は笑った。基生も笑う。笑いながら肩を小突きあう。

「潮音は？」

「ああ……なんか用ができたから先にやっててって」

「はあ？　ひどくね？　今夜の主役はあいつなのに……」

「大学生になるといろいろあるんじゃない？」

　基生にうながされ、カラオケ店に入った。予約をしたのは和翔だったので、受付をすませる。

　部屋に入ると、「マジか？」と基生が声をあげた。ＨＡＰＰＹ　ＢＩＲＴＨＤＡＹという赤い文字バルーンをはじめ、壁やテーブルが華やかに飾られていたからだ。予約の際に和翔が店に頼んだ。

「なんだこれ？　幼稚園のお遊戯会か？」

　基生が鼻で笑う。

「うるせえな。俺は幼稚園行ってないから、こういうの憧れなんだよ」

和翔が言い返すと、基生は下を向いて黙った。幼稚園に行っていないのは、基生も一緒だった。

「ちょっと子供っぽいかもしれないけど、勘弁してくれ。ケーキも頼んだんだぜ。バースデーパックってやつで」

「かっちゃんの好意に文句つけるつもりはないよ……ないけどさ……」

基生が言いづらそうに眼をそらして言う。

「カラオケボックスで誕生パーティ……しかも五反田の……シケてるね」

「しょうがねえだろ、金ねえんだから」

「俺ここ来る前、西麻布に行ってたんだ。超カッコいい会員制バー」

基生も和翔と同じ仕事をしている。和翔のように人に使われているわけではなく、中卸からブツを買って自分の客に売っているのだが、最末端の売人という意味では変わらない。稼ぎもトントンか、ちょっと上くらいだ。

「コーク届けたらいきなり店閉めて、テーブルにライン引きはじめてさ。これからどんちゃん騒ぎだって。俺の客も芸能関係なんだけど、女優みたいなクッソ美人まで何人かいてさあ」

「興味ねえな、その手の話は」

「だけどおかしくない？　客は西麻布の会員制バーで、さばいている俺らが五反田のカラオケ？　この落差は理不尽じゃない？」

和翔は黙っていた。基生の言いたいことはわかっている。どうせ危ない橋を渡っているのだから、もっと大金をつかまなくては意味がない――和翔も基生も、月の稼ぎは三十万から五十万。大西さんで百万くらい。だが、基生にブツを卸している中卸になると、三百万とか五百万になる。

しかし、でかく稼ごうと思えば、表の仕事だってリスクが増えるものだ。ましてや非合法のドラッグディーラー。何キロもさばいていて逮捕されれば、ただではすまない。未成年でもなくなったことだし、二十代の大半を薄暗い塀の中で棒に振るかもしれない。

「そろそろ俺らも考えたほうがいいよ」

諭すような口調で、基生が言った。

「いつまでも底辺の売人じゃなくてさ、でかく儲けること考えようよ。俺はかっちゃんと一緒なら、どんなにやばい橋でも渡る覚悟だからさ」

「でかく稼ぐより、まずは安全第一なんだよ」

「安全第一？　トビのおっさんかよ」

基生が笑う。基生は和翔と同じ臆病者だが、人並み程度には欲が深い。裏稼業を続ける極意は強欲にならず、目立たずひっそりシノぐことだと、和翔は前から気づいていた。

それは大西さんに会って確信に変わった。

しかし、基生に関して言えば、一概に悪いことだとは言いきれない。欲深い人間には夢がある。夢の中身はともかくとして、夢のある人間と一緒にいるのは楽しくないことではない。

「潮音はまだかよ？」

和翔は時計を見た。約束の九時をもう三十分も過ぎている。

「さっきＬＩＮＥしたけど、レスなし。既読もなし」

基生がふて腐れた顔で答える。

「だいたい、なんの用で遅れてるんだよ、あいつは？」

「新歓コンパってやつに誘われて、断れなかったらしい」

「なんだそりゃあ……」

今度は和翔がふて腐れる番だった。

潮音というのは、基生のふたつ下の妹だ。今年、女子大に入学した。和翔と基生が入学させた。私立の馬鹿高い入学金や授業料はもちろん、受験を突破できるよう塾にまで通わせた。全部ふたりで金を払った。

「それについては、かっちゃんにも責任ある」

「なんの責任？」

「いい服買ってやっただろ。ひらひらした白いワンピース」

「悪いかよ。大学は私服で通うところだから、服なんかいくつあったって足りねえだろ」

「女っていうのはさ、綺麗な服着ると見せびらかしたくなるもんなんだよ。誘われて断れなかったなんて言ってたけど、どうだかね」

「……あいつ、そういうタイプか？」

「俺らが頑張ってお嬢さま女子大なんかに入れたから、その気になってきたんじゃないの。なんか最近、妙に色っぽいしな」

「よせよ、くだらねえ」

和翔は吐き捨てたが、思い当たる節がないわけではなかった。潮音と初めて会ったのは、彼女が十五歳のときだった。あれから三年と少しで、ずいぶんと大人っぽくなったし、それ以上に女っぽくなった。いつも髪を気にしているし、化粧も覚えて、近くにいるとなんだかいい匂いがする。

「とにかくさ、潮音を大学卒業させるまでは現状維持で頑張ろう」

「ええっ、あと四年も？」

「卒業までの授業料だのなんだのの目処がつくまで、最低でも二年。そうしたら……」

「いまよりでっかく転がすか？」

「そうだな……」

和翔はうなずいた。べつに大金が欲しいわけではなかった。そうではなく、基生と一緒に夢が見たいだけだ。潮音のためとはいえ、ずいぶんと抑えこんでいるから、その借りを返すという意味もある。和翔が派手にやるなと口を酸っぱくして言っていなければ、基生はとっくに中卸の仕事に手を出していただろう。

ガタン、と誰かがドアにあたった。

「ようやくお姫さまのお出ましか」

基生はニヤニヤ笑っていたが、どうも様子がおかしかった。音がしたのに、なかなかドアが開かない。焦れた和翔が、立ちあがって開けた。

潮音が立っていた。

髪が乱れ、左眼のまわりがどす黒く腫れて、唇から血を流していた。和翔が入学祝いにプレゼントした白いワンピースも、ところどころ破れて汚れている。

「ごめんなさい、遅れちゃった……」

潮音は覚束ない足取りで部屋に入ってきた。眼の焦点が合っていなかった。それでも必死に笑おうとしている。

「すごい！　和翔くんがやってくれたの？　嬉しいなあ……」

壁のＨＡＰＰＹ　ＢＩＲＴＨＤＡＹを見て言った。和翔と基生は眼を見合わせた。状況が呑みこめなかった。今日十九歳の誕生日を迎えたばかりの自分たちの宝物に、いったいなにが起こったのか……。

「わたし、誕生パーティとかしてもらうの初めてだよ。生まれて初めて。ケーキとかあるのかな？　あるよね、和翔くんは気が利くし……」

「ケーキじゃねえだろ……」

和翔は潮音の双肩をつかんだ。思った以上に華奢だったので少し驚く。

「なにがあったんだ？　誰にやられた？」

潮音が不思議そうな顔で和翔を見る。その眼はやはり、焦点を失っていた。次の瞬間、ハッと正気に戻った。限界まで眼を見開き、ごく薄い顔の皮膚がさざ波のように震えはじめた。それはすぐに双肩にまで及び、和翔の手にも伝わってきた。

潮音は悲鳴をあげて暴れはじめた。

# 3

もうずいぶんと長い間、和翔は自宅というものをもっていない。

十三歳のときに家出してから、実に色々なところで寝泊まりしてきた。アスファルトに段ボールを敷き、新聞紙を被って寝るというホームレスじみたことまでしたことがあるけれど、十三歳まで住んでいたところよりひどいところはひとつもない。その日の気分でねぐらを決めるのは、自分の性(しょう)に合っている。

幸いにも、五反田には寝泊まりできる施設が充実していた。和翔が主(おも)に利用しているのはネットカフェだが、手脚を伸ばしてふかふかのベッドで寝たいときにはラブホテルに行く。今週はよくサウナに泊まっている。気分の問題ではなく、仕事で使うことが多かったからだ。

シャブの小売りは、パチンコ屋のトイレで煙草の箱を交換するのが、いちばん手っ取り早い。お互いに一円も使わなくていいというメリットもある。

ただ、パチンコ屋の数は限られているし、一日に何度も足を運んで店員の記憶に残りたくない。しかも遅くても午後十一時には閉まってしまうので、それ以降の取引にサウナの更衣室は重宝する。入浴料はかかるが、どうせ泊まるのだからこちらの懐は痛くない。

深夜二時過ぎ、すべてのブツをさばきおえても和翔は眠れず、サウナで汗を流すことにした。額から吹きだした汗が眼の中に流れこんできても、なかなか水風呂に入る気にはなれなかった。体中の血が沸騰するほど熱くなっているのは、サウナのせいだけではなかった。この熱を、水風呂なんかで冷ましたくない。

五時間ほど前。

潮音がカラオケボックスで錯乱した。耳をつんざくような悲鳴をあげ、手当たり次第に物を投げつけ、和翔が抱きしめても手脚をジタバタさせるのをやめなかった。基生とふたりがかりでなんとかソファに押さえつけたものの、動けなくなると喉が切れるような勢いで泣きじゃくりはじめた。会話ができる状態に落ち着かせるまで、三十分以上かかった。

潮音は決してヒステリックなタイプではなく、むしろおとなしい。以前はそこに、「極端に無口」とか「病んでそう」とか「暗い」という属性もついたのだが、このところずいぶんと明るくなったし、口数も増えて、よく笑うようになった。昔の彼女を知らない人には、ごく普通の女子大生にしか見えないだろう。

「いったいどうしたんだよ？」

和翔は呆然としながら訊ねた。怖いくらいに心臓が早鐘を打っていた。暴れる潮音の相手をしたからではなかった。尋常ではない災難が降りかかってきたことは間違いなかった。

「……レイプされた」

しゃくりあげながら、潮音は言った。和翔は彼女の顔を見られなくなった。かける言葉も失った。こんなことがあっていいのだろうかと思った。この四月に念願の女子大に入学し、今日は十九歳の誕生日。幸せなはずの彼女が……レイプ？

和翔は潮音のことを十五歳のときから知っていた。恋愛に積極的なタイプには見えなかった。はっきり言って恋愛どころではない心の闇を抱えていたのだが、とにかく処女だろうと思った。あれから三年あまりが経っても、彼女から男の匂いが漂ってきたことはない。

「誰にやられたんだ？」

基生が震える声で訊ねた。

「そのへんのあやしい店に連れこまれて、とか……」

そんなことがあり得るだろうか？　と和翔は内心で首をかしげた。有楽街の奥深くに入っていけば、暴漢が潜んでいそうな店がないわけではない。ぼったくりの噂も耳にしたことがある。しかし、このカラオケ店は駅前のロータリーに面しているし、彼女は五反田に住んでいる。有楽街のいかがわしさは知っているはずで、うっかり奥深くに迷いこむなんて考えられない。

「そうじゃない……」

案の定、潮音は首を横に振った。

「新歓コンパで……先輩に無理やり……」

和翔と基生は眼を見合わせた。

潮音が切れぎれに話したことを総合すると、だいたい次のようなことが起こったらしい。

今日の午後、K大のサークルの人間から新歓コンパの誘いの連絡が入った。潮音が通っているのは女子大なのだが、K大は共学の超有名校だ。大学どころか高校にも行っていない和翔と基生は理解するのに時間がかかったが、サークル活動は大学の枠を飛び越えてできるとかで、女子大に通いながら他大学が主催するサークルに参加している者は少なくないという。

潮音は約束があったので断ろうとしたが、一緒にそのサークルの説明会に参加した友達に同行を懇願され、しかたなく足を運んだらしい。

場所は六本木の居酒屋。新歓コンパという名称から二、三十人の参加者がいると思われたが、実際はＫ大生の男が三人と女がふたり――つまり、新入生の参加者は潮音と友達だけであり、個室に連れていかれた。

Ｋ大の先輩たちはサークルの幹部のようで、自分たちと仲良くしておけばサークル内での立場がよくなるなどと言いながら、しきりに酒を勧(すす)めてきた。潮音は警戒して飲むふりをしていただけだが、友達は無防備に飲んでいた。それでも、二杯目か三杯目で彼女の体がゆらゆら揺れはじめたのには驚いた。直感的に、クスリを盛られたかもしれないと思ったらしい。

やがてＫ大生たちは、眼つきも虚(うつ)ろな友達に抱きついたり、キスをしたり、乳房を揉(も)んだりしはじめた。最初はふざけているような感じだったが、次第に獣欲も露(あら)わにしはじめて……。

潮音は逃げようとしたらしい。個室から飛びだして助けを求めようとしたが、ふたりがかりで組み伏せられた。抵抗しようとすると拳(こぶし)が飛んできた。顔面を二発殴(なぐ)られると、痛みと恐怖で抵抗ができなくなった。男たちは潮音の口におしぼりを突っこみ、やりたい放題に振る舞ったという。

話を聞いた和翔と基生は、しばらくの間、声が出なかった。

相手が不良とかやくざなら、まだ理解できる。溜まり場で女に睡眠薬入りの酒を飲ませ、輪姦してしまうのなんてよくある話だ。しかし、有名大学の学生がそこまで暴力的な行動に出るなんて、理解の範疇を超えていた。

「結局……わたしみたいなのが大学行ったのが、間違いだったんだよ……」

潮音は遠い眼をして言った。ドス黒く腫れた左眼が痛々しかったが、しゃくりあげながら震えている声はそれ以上に痛ましかった。

「分不相応っていうか、身分をわきまえてなかったというか……」

そんなことはない！　と和翔は叫びたかった。分不相応だとはまったく思わなかったし、そもそも大学入学とレイプになんの関係があるのだろうか？

しかし、「大学なんて……」と尻込みする彼女を励まし、なだめすかして、半ば強引に受験させたのは、和翔と基生だった。その結果がこの有様ではなにも言えず、黙ってこうべを垂れているしかなかった。

最悪の事態だった。潮音がすすり泣くのをやめるまで、なぜこんなことになってしまったか、ずっと考えていた。

# 4

和翔が基生と潮音に出会ったのは、三年前の冬だった。

和翔は十七歳で、カーナビ泥棒をやっていた。いまよりずっと危ない橋を渡っていたわけだが、足元を見られてずいぶんと買い叩かれていたので、稼ぎはいまよりも少なかった。

ある日、渋谷を歩いていると練馬の先輩とばったり顔を合わせた。

「あれ？　おまえうちの中学にいたよな？」

練馬は和翔の実家がある場所だった。十三歳で家出してからまったく寄りついていなかったので、顔を覚えられていたのが不思議だった。きっとそういう鼻だけは利くのだろう。不良の世界で地元の先輩というのは理不尽の塊のような存在である。関わっていいことなどなにもない。適当に誤魔化して逃げようとしたが、三人で囲まれてしまい、そのうちのひとりが地元でも知られた悪党だったので、飲みにいこうと誘われると断れなかった。

キャバクラに連れていかれた。先輩たちは上機嫌で飲み、女の子たちにちょっかいを出していたが、和翔は烏龍茶を飲みながら、ほとんど青ざめていた。その店の勘定を払わされることになりそうだった。金がないと言っても通じるような相手ではない。カツアゲでも強盗でもしてこいと凄まれるだけに決まっている。幸いというべきか、ポケットには十数万の金が入っていた。この店の勘定くらいは払えそうだったが、それは和翔の全財産だった。縁を切ったと思っていた地元の先輩につかまって、全財産がキャバクラ代に消える――誰だって絶望に眼が眩むだろう。

そのときだった。

店の入口で怒号が飛びかったかと思うと、目出し帽を被った男たちが五、六人、こちらに向かってきた。全員、金属バットで武装していた。「襲撃だ！」と先輩のひとりが叫び、テーブルをひっくり返そうとしたが、その前に相手の金属バットがテーブルの上のボトルやグラスを粉々に砕いた。

女の子たちが悲鳴をあげ、黒服があわててとめに入る。目出し帽たちはおかまいなしに暴れまわり、金属バットを振りあげて先輩たちを追いかけている。先輩たちも先輩たちで、棚のボトルを片っ端から投げつけている。

和翔も応戦する構えを見せたが、隙を見て敵に背を向けた。床を這いずりまわって、トイレに続く短い廊下に出た。これは完全なる巻き添えだった。付き合う義理もないので逃げるつもりだったが、どうやら出口は反対側。いままさに大乱闘の最中にある店内を、横切っていかなければならない。

まったく今日という日は――ツキのなさを呪いながらじりじりと後退っていくと背中に人がぶつかり、ビクッとして振り返った。向こうも背中があたったらしい。金属バットを手にした目出し帽の男が、同じようにビクッとしていた。

「てっ、敵か？」

和翔は拳を握って身構えた。相手のガタイはひとまわり大きかった。しかも、拳と金属バットではどう考えても分が悪かったが、目出し帽の男からは、殺気のようなものが伝わってこなかった。

「敵だけど……暴力は嫌いだ。黒服がおまわりに電話している。こんなところでパクられるの、馬鹿らしくね？」

金属バットを投げてよこした。受けとった和翔が呆然としているのをよそに、目出し帽の男は床に転がっていたビニール傘を手に取った。人差し指を動かし、こいこい、と合図してくる。和翔が動けずにいると、

「殺すからなあっ！」

怒声をあげて、ビニール傘で金属バットをちょんと叩いた。ようやく意味がわかった。

ひと芝居打って、この場からうまくバックレようというわけだ。

「死ね、この野郎っ！」

「脳味噌ぶちまけてやるからなっ！」

和翔たちは怒声だけを勇ましく放ちながら、フェイクのチャンバラで乱闘現場をうまく横切り、キャバクラから脱出した。非常階段を転がるように駆けおりていき、渋谷の雑踏にまぎれこむと、パトカーのサイレン音が聞こえてきた。

それが基生との出会いだった。

図体は大きくても、目出し帽を取った素顔はまだあどけなく、すぐに同世代だとわかった。

「大丈夫なのかよ、襲撃中に逃げだして」

「関係ないよ。オレオレ詐欺の下っ端で使われてんだけど、襲撃要員になった覚えはないから。そっちは？」

「地元の先輩につかまって、無理やりあの店に連れていかれたんだ。地元なんて何年も前に縁を切ったのにな。むしろ助かったかも。あのままだったら、ケツの毛まで全部抜かれてた」

「じゃあ、俺は救世主だ」

「かもしんねえ」

大笑いしながら繁華街を駆け抜けていく。一瞬にして意気投合した。あんな感じは生まれて初めてだった。

基生はやはり十七歳の同い年。オレオレ詐欺の下っ端をしているくらいだから、自分と同じようなろくでもない人生を送っていることは容易に想像がついた。

だが、和翔が基生に親近感を覚えた理由は他にある。

臆病者の匂いがしたからだ。

どんなトラブルが背景にあるのか知らないし、知りたくもないけれど、襲撃グループは怖いもの知らずで根性も据わっているのだろう。それに応戦した練馬の先輩たちも、似たようなものだ。勝手に殺しあいでもなんでもすればいいが、そんなことはまっぴらごめん——語りあう必要もなかった。あの修羅場から敵と一緒に逃げだすなんて、自分たちはなかなかいない腰抜けだ。

しかし、腰抜けだからこそ、今夜生きのびることができた。勇敢に戦った連中はいまごろ留置所にぶちこまれているか、乱闘で血だるまになって病院送り。金属バットがフルスイングで頭にヒットすれば、障害が残るような大ケガをする場合だってある。そういう連中を、和翔はいままで何人も見てきた。やられたら、終わりなのだ。

「ところで、どこに行くつもりなんだ？」

ふたりは山手線沿いの暗い道を、南に向かって歩いていた。時折、電車が走ってきて、光と轟音が漆黒の夜闇を引き裂いた。右に曲がれば代官山で、真っ直ぐ行けば恵比寿だ。

「五反田」

基生は歌うように答えた。

「うちで飯でも食おうぜ」

「五反田に住んでるのか？」

「悪い？」

「悪かないけど……」

電車で三駅分も歩くのか、と和翔は少し呆れた。電車賃がないわけではない。タクシー代だってあったけれど、基生が歩きたいなら付き合おうと思った。呆れはしても、決して悪い気分ではなかった。ふたりでいればどこまでも歩いていけるような、不思議な高揚感があった。

歩きながら、いろいろな話をした。こんなに話が合う人間がいることに驚いたし、お互いの境遇がそっくりなことにもびっくりした。シングルマザー、育児放棄、底の抜けた貧困生活……。

「飯なんかいつも菓子パンだったよ」

「そりゃマシなほうだ。俺は袋のラーメンだった」

「そっちのほうが豪華じゃない」

「ガスがとまってると生で食うんだぜ、ガリガリって……」

「ハハッ、飯抜きは最高何日？」

「三日」

「負けた。俺は二日半だ」

シングルマザーも、ただ貧乏なだけならまだ救いがある。母親が男をつくった途端に、生活は一変する。家の中に暴力がもちこまれる。

「まあ、最悪だったな」

「俺も思いだしたくない」

ふたりとも、家庭が崩壊しているだけではなく、ろくに学校に行っていなかった。休みがちでもいちおう通っていたのが、和翔が中一まで、基生が中二まで。お互いに学校では、つまはじきにされた悪い思い出しかなかった。

目黒駅から山手線沿いにだらだら続く坂を下りて、高速道路の下を右に曲がった。駅前に行けば賑やかな五反田も、そのあたりはクルマしか走っていなかった。ビルはたくさん建っていたが、人の息吹がまったく感じられない。ずいぶんと殺伐とした雰囲気で、冬の夜風が急に埃っぽくなったような気がした。

五反田——和翔には馴染みがなかった。どんなところなのか基生に訊ねてみると、四方を高台に囲まれた谷底の吹きだまり、という答えが返ってきた。

「駅の北側の坂をのぼると池田山。桜田通りの坂をのぼっていくと高輪台、その先が白金台。どこも有名な高級住宅地なんだ。でも、五反田に高級なイメージなんかないよね？　むしろ風俗やラブホばっかのエロシティって感じじゃん？　谷底だからさ。南の戸越にも、西の目黒にも、坂をのぼらなきゃ辿りつけない。象徴的なのが、いちばん谷底を流れてる目黒川だね。桜の名所なんて言われているけど、あんなところで花見をするやつの気が知れないよ。最初に見たとき、廃水が流れているドブ川じゃないかと思ったもの。落ちたら病気にかかりそうな、気持ちの悪い色してさ」

その目黒川を渡り、山手通りを越えて少し行ったところに、基生の家はあった。

「そこだよ」

一見して、普通のマンションでないことはわかった。公営団地だ。練馬にもたくさんあった。五反田の夜は暗かったが、そのあたりの闇はいっそう深く、冬の夜風がいちだんと埃っぽく感じられた。

しかし、公営団地ということは……。

「おい、まさか家族と一緒に住んでるのか？」

「うん」

「マジかよ……」

てっきりひとり暮らしだと思ってついてきてしまったが、家族のいるところにあがりこむのは気が引ける。

ただ、和翔は黙って基生についていった。コンクリート造の五階建て。エレベーターはついていたが、基生は階段を使った。

「変な住人しかいないから、顔を合わせたくないんだ」

歩くとジャリジャリと砂が音をたてる階段を、最上階までのぼった。

ふたつの好奇心が、和翔の胸にはあった。

ひとつは、基生のことをもっとよく知りたいというまっとうな好奇心だ。出会いはギャグみたいだったが、これから気の置けない仲間になれそうだという直感が働いていた。

しかしもうひとつの好奇心は、ちょっと後ろめたいのぞき趣味のようなものだった。自分と同じような境遇で育ってきたということは、貧乏であることは間違いない。どの程度なのか見てみたい……。

基生が錆(さ)びた金属製の扉を開けると、生々しい生活感が漂ってきた。くたびれた靴(くつ)やサンダルが脱ぎ散らかされた玄関、積みあげられた段ボールやパンパンにふくらんだスーパーの袋、テレビの音が聞こえてくる。

時刻は午後十時ごろだったろうか。テレビがついているのに、居間には誰もいなかった。天井からぶらさがったピンチハンガーに洗濯物が干され、コタツがあって、天板の上に大量の調味料が載っていた。マヨネーズ、ケチャップ、ソース、七味唐辛子、醤油、ラー油、塩、コショウ……。

「座って」

基生にうながされ、コタツに入った。布団がやたらと湿っぽくて重かった。和翔は着ていたライトダウンを脱げなかった。コタツのスイッチが入っていなかったせいもあるが、外と同じくらい寒かったからだ。

「カレーでいいよね？」

台所から基生が声をかけてくる。

「ああ、大好物」

後ろめたさを感じつつも、和翔は室内の観察に余念(よねん)がなかった。部屋はあとふたつほどありそうだから、２ＤＫか。日焼けした襖(ふすま)、すり切れて黒ずんだ絨毯(じゅうたん)、いまにも切れそうな蛍光灯――絵に描いたような貧乏暮らしだ。基生のいる台所もゴチャゴチャしていて、換気扇は茶色い油まみれ。

だが、思ったほどでもなかった。あとで基生に聞いたところによれば、三年ほど前にその団地に引っ越してきたらしい。子供のころから都内を転々とし、五反田に来る前は葛飾に住んでいたという。

「向こうじゃもっとハードにド貧乏だったよ。六畳ひと間に三人で住んでてさ」

和翔の育った練馬の実家もひどいものだった。実家といってもアパートだが、壁にも天井にも穴が空いていたし、割れた窓ガラスを段ボールとガムテープで補修していた。床は酒の空き瓶だらけで足の踏み場もなく、誰かがそれを踏んで足を切っても掃除しないから、あちこちにドス黒い血痕が残っていた。

それにしても……。

和翔は息をひそめ、気配をうかがった。家族はいま不在なのだろうか？　外に出るときもテレビをつけっぱなしなのは、防犯対策？

チン、と電子レンジが鳴った。基生が「熱い、熱い」と言いながら、レトルトのカレーとごはんを持ってくる。

「いっぺんにできないから、先に食べてて」

目の前に置かれた食糧を、和翔はぼんやりと眺めた。皿がないことに文句はなかった。少々食べづらくても、食べたら捨てればいいのだから面倒くさくない。和翔だっていつもそうする。割り箸やプラスチック製の使い捨てスプーンが、目の前の調味料の山の中に立っている。

和翔はレトルトごはんの上蓋フィルムを剝がし、カレーの袋の上部も切った。漂ってきた香辛料の匂いに空腹感を覚えたが、背後で人の気配がした。振り返ると、鳥の巣のような頭をした女が立っていた。

母親らしい。寝起きのようだが、それにしてもひどい髪型だった。眉毛がないのも怖かった。ジャージの上に、安っぽい豹柄のコートを羽織っていた。やはりこの家では、室内でも上着を着るのがマストのようだ。

「どうも」

和翔は上目遣いで挨拶したが、母親はなにも言わずにコタツに入ってきた。澱んだ眼つきでこちらを見た。和翔と視線を合わせたわけではない。彼女が見ていたのは、和翔の前に置かれたカレーとごはんだった。

「……食べますか？」

気まずくなって訊ねると、生唾を呑みこみながらうなずいた。和翔はカレーとごはんを彼女の前にすべらせた。

「開けちゃいましたけど、まだ手をつけてませんから」

母親には和翔の声など届いていないようだった。「熱っ、熱っ」と言いながら、ごはんの上にカレーを半分ほどかけると、プラスチックの使い捨てスプーンでガツガツと食べはじめた。すさまじい勢いだった。

「基生！　卵」

母親は残りのカレーもごはんにかけると、基生が持ってきた生卵を落とし、醬油をかけてぐちゃぐちゃに掻きまわしながら食べた。基生が彼のぶんのカレーとごはんをレンジで温めている間にすっかり食べおえ、自分の部屋に戻っていった。なにが気にくわないのか、バタン、と大きな音をたてて襖を閉めた。

「しようがないなあ、お客さんに出したもの食べちゃって……」

基生が呆れた顔で苦笑した。

「腹減ってたんだろ、気にすんな」

和翔も苦笑する。

「こっち食べてて。もうカレーはないから、俺はカップ麵でも食うわ」

基生がカレーとごはんを置いて台所に戻っていくと、また人の気配がした。母親の部屋とは別の襖が開き、女が出てきた。女というか、少女だった。虚ろな眼をしていた。適当な上着がないのか、青い毛布を頭から被って体に巻いている。顔しか見えていないのに、ひどく痩せているのがわかった。

それが潮音だった。

「どうも」

和翔は再び、上目遣いで挨拶した。潮音のリアクションもまた、母親とそっくり同じだった。言葉を返さず、眼も合わさず、黙ってコタツに入ってきて、和翔の目の前に置かれたカレーとごはんを恨めしげに眺めた。

「食べるかい？」

和翔が訊ねると、潮音は首を横に振った。母親と違って、遠慮深い性格のようだった。

「潮音！　おまえまでお客さんのもの横取りするなよ！」

台所から基生が叫んだ。

「腹減ってるなら、いまカップ麺つくってるから！」

「……ラーメン、好きくない」

潮音がつぶやいた。台所にまで聞こえないような、小さな声がせつなかった。ただ元気がないわけではないようだった。もっと根本的なところでダメージを受けているように、和翔には思えた。心を病んでいる人間は匂いでわかる。まだ少女なのに、潮音からは饐えた匂いが漂ってきそうだった。

「食べな」

和翔は彼女の前に、カレーとごはんをすべらせた。

「キミんちのものなんだから、食べる権利はキミのもんだ」

潮音は手を出そうとせず、こちらを見た。綺麗なアーモンド形の眼をしていたが、人間と見つめあっている気がしなかった。野良猫と眼が合った感じに近い。警戒心が強く、気を許したらひどい目に遭わされると思っている……。

和翔には心あたりがある眼つきだった。家に知らない男が入ってきて、食べ物をくれたりするのは、災難が降りかかってくる前兆なのだ。食べ物を渡してきた手が、いつしか顔や頭を叩くようになる。髪が何十本も抜けるほど引っぱったり、肉がちぎれるような力でつねられたりする。そういう男が何人も家に出入りしていると、なにをもらっても素直に喜べず、むしろ拒絶するようになる。

## 5

我慢の限界までサウナで汗を絞りだしてから水風呂に入ると、頭の中でキーンと音がした。手足の先まで痺れるような冷たい水だったが、体の内側で煮えたぎっている怒りの感情まで冷やせはしなかった。

キャバクラ襲撃事件のあと、和翔は基生とつるむようになった。基生がオレオレ詐欺には戻らないと言ったので、カーナビ泥棒を手伝ってもらった。高級自転車を買いとってくれるという話を聞けば、自転車泥棒になった。基生は要領のいい男だったから、ふたりでやれば三倍稼げた。

とはいえ、泥棒稼業はリスクが高い。まだ十七歳だったので自動車免許がとれないのも、泥棒としてはつらかった。無免でも運転することはできるけれど、そうなればリスクは一気に倍増する。和翔と基生は次のシノギを探していた。シャブの売人の話を基生がもってきたのは、つるみはじめてわりとすぐのことだった。

「おまえと一緒ならやってもいい……」

和翔は言った。

「シャブでもなんでもやったっていいんだけどさ……」

「けど？」

「ひとつ、提案させてくれ」

「なんだい？」

「潮音だよ」

「はっ？」

「あの子をいまのまま放置して、俺たちみたいにしたらいけないと思わないか？」

基生は意味ありげに眼を泳がせた。

「……惚れたのか？」

「そんなんじゃねえよ！　潮音はまだ子供だろ！　子供だから救える。俺たちで救うんだよ。中学卒業したら働くなんて言ってたけど、高校に行かせるんだ。いや、シャブで稼いだ金で大学まで……学校行かないとどうなるか、俺たちがいちばんよくわかってるじゃねえか。まともな仕事に就けないから、やばい橋渡っていつパクられるのか冷やひやして……俺たちはいいよ。もう手遅れだから、行く道行くしかないだろうさ。でも、潮音はまだ間に合う。頭だって悪くないんだろう？　塾でもなんでも通わせれば、絶対に大学まで行けるって……」

基生はしばらくの間、押し黙っていた。

「反対か？」

「いや……」

基生は首を横に振った。

「ちょっと感動してただけ……おまえ、いいやつだ」

「そうでもねえよ」

和翔は鼻で笑った。

「俺なりに打算もある。妹を押さえとけばおまえが絶対に裏切らないってな」

「……いいやつだ」

基生が肩を小突いてきたので、

「違うって」

和翔も小突き返す。眼を見合わせて笑う。基生の眼には、少し涙が浮かんでいた。和翔もそうだったかもしれない。

打算の話は、ただの照れ隠しだった。基生に裏切られることなんてあるはずがないと、そのときから確信していたし、いまもしている。

だが、あとから思い返してみると、ただ潮音の境遇が見ていられなかったから手を差しのべたのではなく、別の理由もあった気がした。

いつパクられるかわからないやばい生活をしているからこそ、自分を現実に繋ぎとめておく「なにか」が必要だったのだ。絶体絶命の窮地に追いこまれても、自暴自棄にならないための安全装置が……。

潮音は和翔の期待に応え、立派な「なにか」になってくれた。一生懸命勉強して見事に受験を突破した。いまは輝かしき女子大生。学生生活を存分に楽しんで、立派に卒業してほしい。卒業式のことを想像するだけで、胸が熱くなってしようがない。彼女の成長だけが、世間の裏街道をひた走る和翔と基生にとって希望の光だった。唯一の生き甲斐であり、誇りでもあった。

その潮音が……。

レイプ？

・

翌日の午後二時。

和翔は都営地下鉄の五反田駅で基生と落ちあった。顔を合わせても、お互い口を利かなかった。視線さえ合わさず、ふたりしてむっつりと押し黙っていた。歯軋りしているような基生の横顔からは、怒りを燃え狂わせていることが伝わってきた。基生がここまで険しい表情をしているのは珍しいことだった。実の妹を暴力的に穢(けが)されたのだから当然だろう。

和翔と基生はK大に向かっていた。

警察に被害届を出すという選択肢はなかった。そんなことをしたところで、取り調べやら裁判やらで、潮音をよけいに傷つけるだけだ。

復讐、という言葉がふたりの頭の中にはチラついていた。警察を頼るより、自分たちの手で犯人を八つ裂きにしてやりたかった。

しかし、なにをどうするにしろ、とりあえず相手がどんな連中なのか見定めなければならない。向こうにも言い分があるなら、いちおう聞いてもいい。悪いことをしたと反省し、誠心誠意謝りたいというのなら、希望を叶えてやる用意はある。もちろん、謝っただけですむ問題ではないが……。

K大は、中学中退の和翔や基生でも知っている私学の名門だった。幼稚園からの一貫教育もあり、富裕層のママさんたちは、我が子をそこに入れるため「お受験」に励んでいるらしい。

キャンパスは都心にあった。歴史も格式も感じられる立派な校舎が見えた。行きかっているK大生たちは、頭もよさそうなら見た目も垢(あか)抜けていた。澄ました顔で歩いている者、笑顔をはじけさせている者——見ているこちらが気恥ずかしくなるほど、青春というやつを謳歌(おうか)している。

校門は開かれていて自由に出入りできそうだったが、自分たちの身なりが気になった。売人は目立たないのが鉄則だ。和翔は伸ばしっぱなしの髪に、軽く一年は洗っていないGジャン。基生は疲れたベージュのスウィングトップ。地味(じみ)で野暮(やぼ)ったい格好が、青春路線の大学生たちの中ではかえって浮きそうだった。

「勝手に入って大丈夫かね?」

「大丈夫だろ。俺らだって年は同じくらいなんだから……」

その段階で、和翔はすっかり気圧(けお)されていた。基生も同じだろう。名門大学のキャンパスなど、まるで関わりのない人生を送ってきたふたりだった。

和翔の知っている大学生といえば、MDMAを服用して朝まで踊り狂うことを生き甲斐(がい)にしている、ド阿呆(あほう)な連中くらいなものだった。同じ大学生でも、このキャンパスにいるのは毛並みがよさそうな若者ばかりだ。この中に極悪非道なレイプ犯が本当に潜んでいるのだろうか?

基生が潮音に聞きだしたところによれば、〈シー・アイ・トゥー・アイ〉というサークルの幹部に呼びだされたらしい。

「なんて意味なんだ？」

「さあ」

基生は首をかしげ、和翔もそれ以上追及しなかった。

校舎の間を抜けると、中庭に出た。花壇に色とりどりの花が咲いていた。学生の数も増えてきたので、

「すいません……」

和翔はメガネをかけた真面目（まじめ）そうな男子学生に声をかけてみた。

「ちょっとサークルについて教えてほしいんだけど、〈シー・アイ・トゥー・アイ〉っていう……」

メガネの学生はいかにも不快そうな表情でこちらを一瞥（いちべつ）すると、なにも答えずに去っていった。気安く話しかけるなというオーラがすごかった。

「ありゃあ真面目くんすぎる」

基生が言った。

「もう少し砕けたやつに訊いたほうがいいよ。潮音の話だと〈シー・アイ・トゥー・アイ〉ってのはイベントサークルで、夏は南の島でマリンスポーツ、冬は雪山でスキー合宿とか、チャラい集まりみたいだからさ」

なぜ潮音はそんなところに？　と和翔は舌打ちをしたくなった。もちろん、八つ当たりに過ぎない。そういう明るい青春を送ってもらうことこそ、むしろ和翔の望みだったからだ。パチンコ屋のトイレでシャブをさばいている青春より、マリンスポーツやスキーを楽しんでいる青春のほうがいいに決まっている。

学食があったので入ってみた。

ランチタイムは過ぎていたので、お茶をしながら話をしている学生が多かった。女がまじっているグループは避け、男だけのグループに声をかけた。髪型も服装も、五月の風のようにさわやかな三人組だ。

「あのう、すいません。〈シー・アイ・トゥー・アイ〉ってサークルについて教えてもらいたいんですけど……」

三人がいっせいに眉をひそめたのを、和翔は見逃さなかった。

「教えてもらいたいって？」

「いえ、その……僕ら別の学校なんですけど、入れてもらえないかなあって……」

「そこに入ると、なんかすごいモテるって聞いたもんで……」

基生の言葉に、三人は苦笑した。

「あそこはインカレだけど、他大の男子学生は入れないいんじゃないかなあ……」

「女子なら大歓迎だろうけど……」

「どうしてです？」

和翔は椅子を引っぱってきて腰をおろした。きっちり話を聞くまで帰らないぞ、という意思表示だった。基生も椅子を引っぱってくる。

「ここだけの話、関わらないほうがいいと思うよ……」

三人のうちのひとりが、小声で言った。

「他大の女子を喰いものにしてるって、すごく評判が悪いからさ。合コンの名目で女子を呼び寄せて、やってることは輪姦パーティ……」

「ハハッ、そこまで言ったら都市伝説だ」

「まあ、そういう噂がたつような、パリピばっかのヤリサーなわけ」

「ヤリサー？」

「やりまくるサークル。知らないの？」

「K大にも、そんな悪党がいるんですか？」

和翔の問いに、三人は眼を見合わせた。

「なんていうか、あそこはちょっと特殊でさ……」

「おい」

仲間が肩をつかんで制する。

「あんま余計なことしゃべんないほうがいいんじゃないの」

肩をつかまれた学生は、たしかに、という顔をした。三人揃って立ちあがり、逃げるように学食から出ていった。

「輪姦パーティね……」

基生がふーっと息を吐きだし、

「冗談じゃねえぞ、大学のサークルごときが……」

和翔は怒りに声を震わせた。

6

学食をまわって他の学生にも話を聞いた。

わからない、と首をかしげられることが大半だったが、〈シー・アイ・トゥー・アイ〉の名前を出した瞬間、眉をひそめる学生も少なくなかった。わからないというより、関わりあいたくないというニュアンスを強く感じた。

和翔と基生の表情も、険しくなっていくばかりだった。ふたりはなにも、〈シー・アイ・トゥー・アイ〉に関する噂話だけを集めにきたわけではなかった。責任者と直接会って話がしたかったが、まるで所在がつかめない。

苛立ちながら学食を出ていこうとすると、向こうから顔に怒気を浮かべた男子学生が歩いてきた。ガタイがいい。一九〇センチ近くありそうで、上半身がラグビー選手のように分厚かった。和翔と基生は道を開けようとしたが、

「おまえらか、うちのサークルのこと嗅ぎまわってんの」

鼻の穴をふくらませてすごんできた。

「うちのサークル？」

和翔が訊ね返すと、

「とぼけるんじゃねえ」

首根っこをつかまれた。基生もつかまれている。そのまま、学食から連れだされた。花壇のある中庭を横切り、校舎の中に入っていく。部室のようなものが並んでいた。そのうちのひとつに、乱暴に押しこまれた。

大学の校舎の中とは思えない、カフェのような空間だった。四人掛けのテーブルと椅子が三セット、ソファもあればカウンターまである。

和翔と基生の首根っこをつかんできたやつの他に、男が三人いた。そのうちふたりは、

ガタイのいいタイプだった。残りのひとりは、線の細い美男子――そいつがボスだと、ひと目でわかった。真ん中分けの髪型もカーディガンの着こなし方も坊ちゃんふうなのに、眼光だけは妙に鋭い。

「あんたたち、どこの学校?」

美男子が言った。

「うちのサークルに入りたいんだって? 大学生には見えないけど」

ククッと小馬鹿にしたように笑う。

「いや、その……」

和翔は口ごもった。完全に気圧されていた。ちょっとナメていたのかもしれない。美男子が上から目線なのは、ガタイのいい男たちが睨みをきかせているからだ。なにかあれば、すぐにつがみかかってきそうだった。だいいち、いきなりこちらの首根っこをつかんで引きずってくるなんて、暴力に慣れている証拠だった。体格的にも人数的にも、この場で乱闘になったら分が悪い。

「辻坂潮音って女を知らないですか?」

声が震えないように注意しながら、和翔は訊ねた。

「S女子大の一年で、ここの……〈シー・アイ・トゥー・アイ〉ってサークルでお世話になってるらしいですが？」

　男たちが眼を見合わせる。

「なんて女だって？」

「辻坂潮音」

　和翔は繰り返した。

「Ｓ女子大の一年で、この前の新歓コンパで……」

「知らねえよ」

　美男子に遮（さえぎ）られた。

「知らねえけど、知ってたらなんだっていうんだい？」

「あんたらの評判は聞いてるんだ……」

　基生が言った。

「コンパだって言って女を呼びだして、ワルサしてるんだろ？　ヤリサーの輪姦パーティだって？」

　虚勢を張っているように見えても、声が震えていた。基生も和翔同様、すっかり気圧されているようだった。

「なに言ってんだ、テメエは？」

ガタイのいい男が身を乗りだす。

「なんの証拠があって因縁(いんねん)つけにきたんだよ。適当なこと言ってっと、ただじゃすまねえぞ」

「まあまあ……」

美男子が制し、和翔と基生を見た。あからさまにこちらを見下している、値踏みするような視線が不快だった。

「それで結局、なにが言いたいの？　そのS女子大の子がレイプされて、僕たちが犯人だって言いたいわけ？　勘弁してくれないかな。レイプされたんなら、警察に届ければいいじゃないか」

「新手の美人局(つつもたせ)か？」

ガタイのいい男たちが失笑をもらす。

「火のないところに煙をたてて、あわよくば金でも毟(むし)りとろうって魂胆(こんたん)だろ。バレてんだよ、薄汚ねえチンピラ風情(ふぜい)が調子こきやがって」

「俺らもナメられたもんだな。こんなクソガキに……」

バチーン、バチーン、と音が鳴った。和翔と基生が、後ろから頭を叩かれたのだった。暴力と呼ぶにはあまりにも幼稚な平手打ちで、完全に馬鹿にされていた。それでも、和翔も基生も身をすくめるばかりで動けなかった。

「帰んな」

美男子が言い、ガタイのいい男たちに部屋から追いだされた。和翔と基生は、そそくさとその場から逃げだした。恐怖を感じていたわけではない。

恥ずかしかったのだ。完全に相手に呑まれていた。

たしかに自分たちは臆病者だった。しかし、修羅場をくぐった経験がないわけではない。世間の裏街道を歩いていれば否応なく暴力沙汰に巻きこまれることがあるし、ナメられたら終わりだといつだって思い知らされながら生きてきた。なのに、そう年の変わらない相手にクソガキ呼ばわりされ、頭を叩かれて、つまみ出された。ひと言も返せなかったことが、顔から火が出そうなほど恥ずかしかった。

相手はレイプ犯なのに……。

潮音を傷つけた人間の屑なのに……。

7

「いやー、まいったよな、まったく……」

コンビニで買ったエビアンを店の前で飲みながら、基生が苦笑した。

「完璧キレそうになったけど、さすがに大学の中で暴れるわけにはいかないもんね。やつら、命拾いしたぜ」

和翔は苦虫（にがむし）を嚙みつぶしたような顔で水を飲んでいた。Ｋ大の校門を出て、五〇〇メートルは歩いただろうか。連中に声が届かないところでいくら吠（ほ）えたところで、負け犬の遠吠えだ。

そんなことくらい、基生だってわかっているはずだった。それでも吠えずにいられないほど、自己嫌悪にまみれているのだ。妹を犯（おか）した連中を目の前にして、手も足も出なかった自分が許せないのだろう。

「ねえ、かっちゃん」

基生は空になったエビアンのボトルをゴミ箱に捨てると、声音（こわね）をあらためて言った。

「この件から手を引いてくれない?」

「なに言ってる?」

和翔は顔をしかめた。意味がわからなかった。

「やつらからは、俺ひとりでケジメをとる。いまからＫ大に戻って、皆殺しにしてやるよ」

「馬鹿言うな」

「誰が馬鹿だって？」

基生が肩をつかみ、眉間に皺を寄せて睨んでくる。

「さっきはちょっと油断してただけだ。イベントサークルのチャラい大学生だろうってね。だけど、ハナから喧嘩上等って態度なら、こっちも腹括ってやるよ。サクッと刺してやる。ただじゃすまねえからな……」

「落ち着けよ」

和翔は肩をつかんでいる手を払った。

「やつら殺して、テメエも一生檻の中か？　俺たちもう成人しちまったんだぜ」

「じゃあ、このまま尻尾を巻いて帰れっていうのか？」

「そうは言ってない……」

和翔は口ごもった。

「でも、どうしていいかもわからない。ちょっと考える時間をくれ」

はっきり言って、基生は喧嘩が強くない。和翔よりひとまわり大きくても、和翔のほうが戦闘能力は高い。たとえ刃物を持って乗りこんだところで、あのガタイのいい連中にダメージを与えるのは難しいだろう。

やるならふたりがかりで、一人ひとりマトにかけて……。

そのとき、スマホが鳴った。大西さんからの空メールだ。まだ午後四時前なのに、客から連絡が入ったらしい。

「仕事だ。とにかくいったん戻ろう」

歩きだしても、基生はついてこなかった。足を踏ん張って仁王立ち(におうだ)になり、涙眼で親指の爪を噛んでいる。

「なにやってる?」

「戻るって五反田へ?」

「ああ」

「じゃあ教えてくれよ。家に帰ったら、潮音が青タンつくって寝込んでる。俺は兄貴として、どの面(つら)さげて会えばいい?」

基生の歯が、赤くなっていた。血がついている。爪どころか指まで噛んで、切ってしまったらしい。

和翔は息を吐きだした。これほど怒り狂っている基生を見たのは久しぶりだった。放っておいたら、本当にひとりでK大に戻るかもしれない。

「襲撃するなら準備がいる」

肩を抱き、耳元でささやいた。

「闇雲にいまから殴りこんだところで、ろくなことにならねえ。作戦を練ろう。道具だっているだろ」

「……一緒にやってくれるのか？」

「当たり前じゃねえか」

基生の肩を強くつかんだ。

「潮音は俺にとっても妹みたいなものだ。あいつが大学に合格したとき、俺は本当に嬉しかったんだ。あいつだけは脱出してくれたって……あいつだけは陽のあたる表の世界で花を咲かせられるって……」

「かっちゃん……」

「許せるわけねえだろ？　許せるわけねえんだよ……だが、いまは落ち着こう。勢いでなんとかなる相手じゃねえ。作戦練って準備するんだ」

基生はようやくうなずいて、一緒に歩きだしてくれた。

「今日はずいぶんとそわそわして落ち着きませんねえ」

大西さんに声をかけられ、和翔はスマホから顔をあげた。午後四時半に有楽街のアジトに戻り、一度配達に行ったのだが、その後次の連絡が入らないまま二時間ほど待機が続いていた。

「いやあ、あんまり暇なもんで……」

苦笑するしかなかった。そわそわしているのも、落ち着かないのも、本当のことだった。K大のイベントサークル〈シー・アイ・トゥー・アイ〉についてネットで検索していた。ホームページがあり、主宰者の写真が載っていた。先ほどの美男子だ。

桑井雅臣という名前らしい。

白い歯を剝きだしにした笑顔に殺意を覚えた。実物には妙な迫力があったが、写真で見るとまるで詐欺師だった。マリンスポーツやスキーで女子大生を釣り、目的はその肉体をむさぼること——どれだけさわやかな笑顔をつくり、挨拶文に美辞麗句を並べても、本性は隠しきれない。

暇にまかせて、〈シー・アイ・トゥー・アイ〉という言葉もネットで調べてみた。英語で「完全に意見が一致」という意味らしい。わけのわからないサークル名だと、和翔は激しく苛立った。

「なにか悩みでもあるんですか?」

大西さんがまた声をかけてきた。

「男の悩みはつまるところふたつだけ。お金か女のことですよね。お金のほうの悩みなら、相談に乗ってもいいですよ」

和翔はすぐに言葉を返せなかった。大西さんはあまりおしゃべりなほうではないから、そんなふうに話しかけてくること自体、珍しいことだった。しかも、金の相談に乗ってもいい？　普通は、金の相談以外なら乗ってもいい、だろう。副業で闇金でも始めたのだろうか？

「そんな訝(いぶか)しげな顔をしなくてもいいでしょう？」

大西さんが笑った。

「実は私、引退を考えてましてね」

「へっ？」

「この稼業から足を洗おうと思ってるんですよ」

「……マジすか？」

「それなりにまとまったお金もできたし、こんな体でいつまでも裏の仕事をしていてもね。物価が安くて暖かい国にでも行って、余生(よせい)をのんびり過ごそうかと……」

和翔は驚きを隠しきれなかった。大西さんがそんな将来のヴィジョンをもっていたなんて知らなかった。死ぬまでどっぷり裏稼業の人だとばかり思っていた。元やくざ、だからではない。大西さんは病的な風俗狂で、ピンサロやデリヘルや性感の女と遊ばないと、一日が暮れていかないのだ。

「脚が悪いんで、普通にオマンコするのはきついんですけどね。こっちはマグロで、一方的にサービスしてもらうのが好きなんです」

照れくさそうに言い、真っ黒い歯を見せて笑った顔が忘れられない。

和翔が大西さんと出会ったのは、蒲田にあるやばいサウナだった。眼つきも挙動もおかしい、どう見ても堅気ではない連中ばかりが集っているその場所に、和翔はトバシのケータイを求めて行った。和翔がいま五反田のサウナでシャブをさばいているように、そのサウナを根城に裏モノをさばいている売人がいたのだ。

無事にトバシのケータイを確保し、翌朝食堂の座敷でモーニング定食を食べていると、「相席させてもらっていいですか?」と声をかけてきた初老の男がいた。それが大西さんだった。他にも空いている席があったので不思議だったが、おそらくトバシのケータイを買っているところを見られたのだろう。当時からシャブの売人をしていたから、そういう匂いを嗅ぎつけられたのかもしれない。大西さんは自分と組める人間を探していた。

「手堅い仕事がありますよ」

座敷にあがっても、大西さんはあぐらをかけない。ほとんど曲がらない膝をさすりながら、ささやくように言った。

「この脚の代わりになってくれませんかね？」

大西さんは当時、蒲田にワンルームマンションを借りていた。ピンサロ、ヘルス、性感の店が賑々しく身を寄せあっている、カオスな界隈だった。「ここにいると風俗行くのに困らないんです」と笑っていた。定期的にアジトは替えているというが、五反田に移ってきたのも、同じような理由だろう。

とはいえ、バンコクやマニラみたいなところにも風俗街はあるだろうし、寒くなるとことさら痛そうにしている脚のことを考えれば、暖かい南国で余生を過ごすというのも悪くないかもしれない。そうかもしれないが……。

「大西さんに引退されたら、俺どうすりゃいいんです……」

和翔は頭をかきながら言った。

「せっかく手堅く稼がせてもらってたのに、この仕事には未練があるなあ……」

「私の中では決めていたんです。キミが成人したら引退しようと」

「そうかもしれないですけど……困っちゃうなあ……」

「続けたいなら、私の仕事を引き継げばいい。これからは自分ひとりの責任でね」

「えっ？」

「卸を紹介するし、客も全部渡してあげますよ」

「嘘でしょ?」

「だって、私は海の向こうで隠居暮らしなんですから。どっちも、もう必要ないじゃないですか」

「いや、でも……」

大西さんの稼ぎは、月に百万はくだらないはずだ。和翔の取り分も含めれば、百三十から百五十。基生に手伝ってもらったら、もっと稼げる。晴れて最底辺の売人を卒業し、中卸の末席くらいには座れるわけだ。しかも、大西さんが引いているルートなら安全度は高いし、客だってまともだ。リスクを冒さず、入ってくる金だけが数倍に跳ねあがる。

「ただし……」

大西さんが言った。

「それは和翔くんが、欲のない人間だと見込んでのことです。世の中には、こんな汚れ仕事でもしなけりゃ生きていけない者もいる。私がそうだし、キミもそうじゃないですか? それはもうしかたがないんですけど、裏で生きてるからって調子に乗ったら……わかりますね? 目立たず、コツコツと、細く長く。それは守ってもらわなくちゃなりません。客がそういう私を信頼してくれているからです。できますか?」

「大西さん、俺のなにを知ってるんです？」

和翔は笑った。

「大金つかんで調子こいちゃうタイプだと思ってました？」

「いいえ」

大西さんは首を横に振った。

「だから手を組んだんです。そういう愚かな男だとは最初から思っていなかった。売り物に決して手を出さないところもいい。ただ……稼いだ金はどこへやりました？　私は金を貯めるように忠告したはずですが」

「それは……」

和翔は気まずげに眼を泳がせた。お互いのプライヴェートをしゃべらないのは、この稼業の鉄則だった。実際、大西さんというのも偽名だろうし、和翔にしても親につけられた名前なんてとっくの昔に捨てている。

とはいえ、この期に及んでなにも話さないままでは、信用が得られないだろうと思った。

「大学の入学金と授業料です」

「なんですって？」

大西さんはさすがに驚いたようだった。和翔は潮音についてかいつまんで説明した。親友の妹をどうしても大学に行かせたくて、親友とふたりでシャブで稼いだ金を注ぎこんでいると……。

大西さんは驚きを通りこして唖然としていた。和翔はそんなつもりで話したわけではなかったが、引退を決めた元やくざには人情話にでも聞こえたかもしれない。老犬のように潤んだ眼をまぶしそうに細めて、和翔を見てきた。

「そうですか。その子はキミにとっても妹のような……いや、宝物みたいな存在なんでしょうね」

「はい」

「それならますます、目立たないようにシノがないといけません。万が一パクられたりしたら、なにも知らないその子を傷つけることになる」

大西さんは、いまの仕事をすべて和翔に渡してくれると約束してくれた。それ自体は小躍りしたくなるほど嬉しかったが、罪悪感に胸が痛んだ。

和翔にとって潮音は妹のような存在であり、宝物――それは間違いなかった。付け加えるなら、生き甲斐であり誇りでもあった。

その潮音がレイプされた話までしても、大西さんは仕事を引き継がせることを決めてくれただろうか？　これから親友とふたりで、犯人に復讐するつもりであることを正直に伝えても……。

# 第二章　正座

## 1

数日が過ぎた。

和翔は大学生ふうに変装して毎日Ｋ大まで通い、桑井雅臣を尾行して自宅を突きとめた。世田谷にある豪邸に住んでいた。道路に面したところがほとんどガレージのシャッターで、その上には分厚いコンクリートの壁があり、家そのものがまったく見えなかったくらいだ。とんでもない金持ちの息子のようだったが、そんなことはどうだっていい。

豪邸から駅までの通学ルートは閑静な住宅地で、昼間でも人通りが少なかった。つまり、拉致るのにうってつけということだ。

和翔が尾行をしている間に、基生は別の準備を進めていた。作業着一式、ガムテープ、結束バンド、ロープ、懐中電灯、スタンガンなどを買い求め、スクラップ工場からワンボックスカーを盗み、監禁するための廃工場を見つけだした。

買い求めたものはともかく、数日で足のつかないクルマや廃工場を押さえた手際は、和翔でも驚くようなものだった。完全に本気になっていた。本気で桑井を拉致監禁し、罪に見合った罰を与えるつもりらしい。

喧嘩はそれほど強くない基生だが、口を割らせるのは得意だった。拉致ってしまえば、真実をすべて白状させる自信もあるのだろう。

もちろん、和翔だって本気だった。冗談で毎日変装してK大に通い、桑井を尾行していたわけではない。

しかし、ためらいがまったくなかったと言えば嘘になる。

和翔も基生も怒り狂っていた。普通の精神状態ではなかった。宝物を穢されただけではなく、〈シー・アイ・トゥー・アイ〉の部室ではプライドを傷つけられた。思いだすだけで地団駄を踏みたくなる。監禁している途中で怒りの導火線に火がついてしまったら、やりすぎてしまう可能性がないとは言えない。勢い余って、ぶち殺してしまうかもしれない。いまの時点では殺すつもりまでなくても、衝動的に息の根をとめてしまったら……。

裏稼業の人間の姿が見えなくなったところで、誰も本気で心配しない。ぶっ殺されたか飛んだんだ、と黒く乾いた笑いが聞こえてくるだけだ。

だが、名門大学に通う富裕層の息子が突然いなくなれば、そうはいかないだろう。警察は本気で動くし、マスコミだって騒ぐ。死体を山に埋めるくらいでは安心できない。ミンチにして河川に流すとか、強酸で跡形もなく溶かしてしまうとか、それくらいはリアルに考えておかなければならない。だが、本当にそこまでやる根性が自分たちにあるのだろうか？

できることなら、大西さんに相談したかった。もし大西さんが自分の立場だったらどうするか、教えを乞いたかった。もちろん口が裂けても言えなかった。言ったら最後、翌日にはアジトがもぬけの殻となり、ケータイも繋がらなくなって、大西さんは行方をくらますだろう。仕事を引き継ぐ引き継がないのレベルではない。大西さんが殺人までやらかしそうな人間を側に置いておくようなボンクラなら、あの年まで娑婆で暮らしていられるわけがない。

逆に……。

大西さんの仕事を引き継ぐという話を、和翔は基生にしていなかった。もし桑井への復讐をとめる切り札があるとすれば、それしかないと思っていたからだ。

「やっぱ考え直そうぜ、基生。あんなつまんねえ野郎を拉致して痛めつけて、うっかりぶっ殺したら、取り返しのつかないことになる。それよりも、稼ぎが三、四倍になるうまい話が転がりこんできたんだ。一緒に金をつくってさ、潮音と三人でパーッと旅行にでも行こうじゃねえか。俺らだって、たまにはそういうことしてもいいんじゃね？　チャラい大学生みたいに沖縄で海に潜って、熱帯魚とか観賞しちゃったりしてさ……。わかってる。潮音がひどい目に遭ったことは、俺だって許せない。やつらをボコッて病院送りにしてやりたいさ。でも、もう過ぎてしまったことじゃないか。それよりも、明るい未来のことを考えたほうがよくないか？　復讐なんかするより、そっちのほうが前向きじゃねえか？」

基生にそう言ったら、どういう言葉が返ってくるだろう？

「ああ、そう。なら俺ひとりでやるから、かっちゃんは手を引いてくれ。俺は絶対にやつらを許さない。たとえばだよ……百歩譲って、潮音のことを好きで好きでしかたがない男が、勢い余って無理やりやっちまったとかなら……それだって許せないけど、意味はわかる。だが、あの桑井って野郎たちの態度はなんだ？　名門校の看板で他大の女子を釣ってレイプ……女を釣り堀の魚かなんかだと思ってんだよ。このままじゃ潮音が可哀相すぎるし、かっちゃんにだって顔向けできない。稼いだ金を散々突っこんでもらった結果がこれで、ケジメのひとつも取れないなんてなったら、俺は人として終了だ」

基生の言いそうなことは見当がついた。それはまた、和翔自身の思いでもあるからだった。潮音を傷つけた連中に後悔させてやりたいという気持ちは、和翔の中にもしっかりと根をおろしている。怒りが体中の血を沸騰させるような感覚は、いまだ失われていない。失われるわけがない。

たとえ基生とふたりで大西さんの仕事を引き継ぎ、金まわりがよくなって潮音を連れて旅行になど行っても、やつらに与えられた屈辱を拭い去ることはできないだろう。一生消えないトラウマとなって心に巣くい、楽しく笑っているときにこそふと思いだしては、顎が砕けそうなほど歯嚙みすることになるに決まっている。

計画は実行されることになった。

金曜日の早朝、和翔は目黒川沿いの道で、基生の運転するワンボックスカーにピックアップしてもらった。住所不定の和翔はまだ無免だったが、基生は免許をもっている。運転もうまい。ふたりともベージュの作業着に身を包み、同色の作業帽も被っていた。ワッペンなどはついていなかったが、遠目に見ているだけなら、宅配便の配達員に見えないこともないだろう。

早朝でも幹線道路にはそれなりの交通量があったが、世田谷の住宅街に入っていくと、下見した通りに閑散としていた。あまりにも静まり返っていたので、かえって目立ちそうだった。スクラップ寸前だったというワンボックスカーはあちこち錆びついているうえに、ボディがボコボコにへこんでいて、夜ならともかく昼の光にさらされているとかなり無残だった。

二時間待った。運転席の基生は苛立っていた。先ほどから軍手をした指でハンドルを叩くのがとまらない。貧乏揺すりまで始めた。それがあまりも激しいので、車体がぐらぐら揺れている。

出直すべきかどうか、和翔は迷っていた。そもそも、拉致するなら夜のほうがいいのだ。閑静な住宅街とはいえ、人通りがゼロではない。通勤通学で駅に向かう人間が、五分にひとりはやってくる。自転車に乗っている者も少なくない。明るい中では目撃される可能性が高くなる。

だが、夜は仕事だ。フリーランスの基生はどうにでもなるが、和翔は大西さんに許可をとらなければならない。言えば休めるだろうけれど、理由を説明できない。嘘をついて、見透かされるのが怖い。仕事を引き継ぐ話があるいま、余計なことをして心証を悪くしたくない。それでもやはり、夜に出直してきたほうがいいか……。

「……かっちゃん」

基生の声で我に返った。ようやく獲物が現れたのだ。

桑井は自宅から出てくると、駅に向かって歩きだした。まわりに誰もいないのに、格好をつけて前髪を掻きあげている。馬鹿が。これから悲惨な運命が待ち受けているとも知らずに……。

基生がクルマを発進させた。ゆっくりと近づいていき、道を訊ねるふりをして声をかけ、スタンガンで眠りにつかせる――そういう段取りだったはずなのに、基生はアクセルを思いきり踏みこんだ。

急発進して迫ってくるクルマの気配に驚いて、桑井が振り返る。次の瞬間、ドンッとぶつかった。轢いてしまったのだ。あきらかに故意で……。

「なにやってんだ、テメエ！」

「死にゃあしないさ、こんな速度で」

ふたりで外に躍りでた。うずくまっている桑井に「大丈夫ですか？」と声をかけ、両側から腕を取って起きあがらせる。血を流している様子はない。

「すぐに病院に連れていきます」

「クルマに乗ってください」

アドリブにしては息が合っていた。桑井は意識朦朧としているようで、「なにするんだ……」「自宅がそこだから……」などともごもご言っていたが、強引に後部座席に押しこんだ。和翔は間髪入れず、軍手をした拳を鼻っ柱に叩きつけた。スタンガンもあったが、衝動的に殴(なぐ)ってしまった。

「騒いだら殺すぞ」

恐怖に歪(ゆが)んだ桑井の顔面にもう二発ばかりパンチを入れてから、両手を背中にまわして結束バンドでとめた。

「なっ、なにするんだっ……ふざけるなっ……」

わめきながらジタバタと暴れたので、鳩尾(みぞおち)にボディブローを見舞う。うめき声をもらした口をガムテープで塞(ふさ)ぎ、眼の上にも巻くと、床に転がした。基生が両足を結束バンドでとめ、和翔がブルーシートを被せる。

「もう一度言う、騒いだら殺す」

和翔が上からぐっと踏みつけると、桑井は身をよじってもがいた。パニックを起こしているようだった。クルマに轢かれて朦朧としていたから、拉致られたという実感がないのかもしれない。

「眠らしたほうがいいんじゃね?」

基生がスタンガンを手にして言った。そうかもしれない、と和翔はうなずいた。基生はブルーシートをめくり、桑井の白い首筋に金属の爪をあてた。バチッという嫌な音がして、桑井が歪んだ悲鳴(ひめい)をあげた。和翔が再びブルーシートの上から踏みつけると、ぐったりしていた。何度踏んでも動かなかった。

## 2

下の道を使って慎重に移動したので、千葉の山間部にある廃工場に到着したときには正午になっていた。

元がなんの工場だったかはわからないが、コンクリート造の平屋の建物の中に、教室ほどのガランとした空間が三つあった。壁や地面はドス黒く汚れ、薬品の強い匂いがした。もう何年も人の出入りがないようで、窓ガラスはほとんど全部割れ、そこから入りこんできている雑草の量が半端(はんぱ)ではなかった。あと二、三年すれば、緑が建物を覆(おお)い尽くすような勢いだった。雑草の生命力に呆(あき)れてしまったが、おかげで建物が目立たなくなっている。まわりになにもない原野のようなところだし、誰かが近くの道をクルマで通っても気にもとめないだろう。

移動中、和翔と基生はほとんど口を利(き)かなかった。基生が運転席でハンドルを握り、和翔が後部座席で桑井を見張っていたせいもあるが、車内には言い様(よう)のない緊張感が充満していて、口を糊(のり)づけにされたようだった。

暴力は極力なしで拉致をする——計画を実行するにあたり、和翔と基生は何度も確認しあった。スタンガン一発はしかたないにしろ、桑井を拉致監禁する第一の目的は、真相を解明することなのである。新歓コンパの名目で呼びだされた潮音を、誰がどんな目に遭わせてくれたのか？

それがわからないことには、相応しい罰を与えることもできない。兎にも角にも、同じ大学に通う学生にまで眉をひそめられるようなハレンチサークルの実態を、まずはあきらかにしなければならない。きっちり吐かせるまで、殴る蹴るはなるべくやめておこう……。

そう話していたはずなのに、和翔がしている白い軍手には、桑井の鼻血がべっとりとついていた。衝動的に殴ることを、どうしても我慢できなかった。さっさとスタンガンで意識を奪ってしまうべきだったのに、鼻っ柱に思いきりパンチを叩きこんだ。潮音の眼のまわりにできていた痣が脳裏をよぎったからだった。女の顔面を殴るようなやつは殴られて当然だと思った。基生に至ってはいきなりクルマで轢いたのだから、もっとひどい。

自分たちの中に息づいている暴力的な衝動が怖かった。和翔も基生も臆病者で、金属バットを片手に喜々として襲撃に向かう連中とは違う。否応なく巻きこまれてしまった場合を除き、暴力とはなるべく距離を置いてきた。裏の世界で生きているからこそ、それこそがもっとも確実な保身術だと信じて疑っていなかったのに、気がつけば暴力的になっていた。

手足を拘束したままの桑井を工場の床に転がすと、和翔は「ちょっといいか」と基生を外に連れだした。ひとまず拉致には成功した。ここから先は監禁、そして拷問だ。いよいよ基生が本領を発揮し、口を割らせる段階に突入する。その前に釘を刺しておきたかった。

「大丈夫か、おまえ？」

真顔で訊ねても、

「なにが？」

基生はヘラヘラ笑っていた。

「やっぱ俺ら最強のコンビだね。こんなにうまくいくと思わなかった」

「とにかく、もう痛めつけるのはなしだ」

「わかってるよ」

「俺も気をつけるから……」

「だからわかってるって。もうさらっちゃったんだから、これ以上ボコッたりしなくても、やつの口を割らせるのなんて簡単さ」

早々に廃工場に戻っていった基生は、鼻息が荒くなっていた。眼つきもあやしくなりかけている。わかっているようには見えなかったが、まあしかたがない。暴走しそうな兆候があったら、自分がブレーキ役になるしかないだろう。

廃工場に戻ると、基生が桑井の顔に巻いたガムテープを剝がしていた。ベリベリッと音をたてた乱暴な剝がし方に、桑井が身をよじってうめき声をあげる。睫毛が何本も抜けたに違いない。

「おまえら……」

桑井はようやくこちらの正体に気づいたようだった。鼻血にまみれた顔で、眼を見開いている表情が滑稽だった。だが驚いたことに、次の瞬間、ふっと笑った。

「まさか、レイプのお礼参りかい？」

人を小馬鹿にするように、片眉をもちあげた。この状況でそんな態度がとれるなんて、並の胆の据わり方ではない。

「意味ないと思うけどね。僕たちはレイプなんかしちゃいないんだから。〈シー・アイ・トゥー・アイ〉ってサークル名は、僕のポリシーでもあるんだ。『完全に意見が一致』って意味だよ。合意してない相手とセックスなんかしない……相手の女の子に、もっとよく話を聞いてみてくれないか。僕は合意の上で、できる限り相手を悦ばせるよう努力する。

その場じゃあんあんよがっておいて、あとからレイプだったなんて言いだすのは、後出しジャンケンじゃないか?」

基生が桑井の顔を蹴りあげようとしたので、和翔はとめた。とはいえ、和翔にも蹴りあげたい衝動がなかったわけではない。あの潮音があんあんよがっていた? 怒りがマグマのようにこみあげてくる。

「この子のこと、知ってるな?」

和翔はスマホで潮音の画像を見せた。大学の入学式の日に撮影したものだった。潮音は写真に撮られることが苦手で、いつも眼をつぶって映っているのだが、珍しく会心の笑みを浮かべている。

「知らねえ」

桑井は一瞥するなり吐き捨てるように言った。

「あんたら、なにか大変な思い違いをしている。この前言ってた女の名前も、僕は本当に知らなかった。濡れ衣だよ」

「女なんて入れ食いだから、いちいち顔なんか覚えてないってか?」

基生がペッと唾を吐き捨てる。

「いくらなんでも、最近のことは覚えているさ」

「いったいどれくらいの頻度でやってんだ？」

和翔は訊ねた。

「合コンだか、合コンに見せかけた輪姦パーティだか……まさか毎日やってるわけじゃねえよな？」

「さあね」

桑井は眼をそむけてとぼけた。その表情が呆れるほどに憎たらしく、和翔はキレそうになった。

「やさしく言ってるうちに、洗いざらいしゃべったほうがいいぜ」

床に転がっている桑井の顔を踏みつけた。痛めつけるためではない。スニーカーの底についた泥を顔中になすりつけて、屈辱を与えてやる。桑井がうめきながら逃れようとしても、逃さない。しつこく靴底を押しつけて、口の中に爪先を突っこんでやる。ご自慢の真っ白い歯も、これで泥まみれだ。

「拉致られて調子こいてると、生まれてきたのを後悔するような目に遭うぞ。とりあえず前歯全部叩き折ってみるか？」

「やめろっ！」

桑井が激しく顔を振り、口から泥を吐きだす。

「おまえらこそ、こんなことして後悔するぞっ！　警察が草の根分けてもここを見つけだして、僕を助けてくれるっ！　警察は僕の味方だ。余罪もたっぷり吐かされて、何年も牢屋にぶちこまれる」

「ようやくメッキが剝げてきたな……」

基生が意味ありげに笑った。

「なんでおまわりがテメエみたいなレイプマンの味方をしてくれるんだい？　秘密があるんだよな？　言ってみろよ」

意味がわからず、和翔は基生を見た。基生はまっすぐに桑井を見下ろし、こちらに視線を向けない。

「親父が有名な政治評論家なんだろ？　桑井丈一郎(じょういちろう)ってさ。そいつがおまわりの上層部とズブズブの関係だから、助けてくれると思ってんだよな？　いつだってそうだったわけだ。テメエらに輪姦された女がレイプされたって訴えても、親父の力で揉(も)み消してきた……」

和翔は桑井の父親の話なんて知らなかった。饒舌(じょうぜつ)だった桑井が急に口をつぐんだところを見ても、でたらめではないようだった。なるほど。そういうカラクリなら、K大に乗りこんだとき、桑井が自信満々に「警察に届ければいい」と言い放っていたのも合点(がてん)がいくが……。

「残念ながら、今度ばかりはそうはいかない。この場所は、おまわりだって簡単には嗅ぎつけられない。ガタイのいい仲間もいない。あんたはひとりだ。必死になって俺らの機嫌をとらないと、大変なことになっちゃうよ」

基生が親指の爪を噛みはじめた。眼つきもおかしくなっている。次の瞬間、桑井につかみかかった。カーディガンのボタンをちぎり飛ばして前を開け、シャツのボタンもブチブチと飛ばしていく。基生が目配せしてきたので、和翔も手を貸した。暴力を加えるのではない。服を脱がすだけだ。闇雲に殴ったりするより、拷問としては上等だった。人間、全裸にされると弱気になる。

「やめろっ！　なにするんだっ！」

身をよじりながら叫んでいる桑井の顔は、みるみる真っ赤に染まっていった。ズボンやブリーフまでおろされて、余裕をかましていられるやつはいない。手足を結束バンドで拘束してあるので、そのままでは全裸にできなかったが、想定内の展開だった。高そうな服を、容赦なくハサミで切り刻んだ。シャツもズボンもズタズタにして、素っ裸にしてやった。

「いい格好だぜ……」

胎児のように体を丸め、いまにも泣きだしそうな桑井を見下ろしている基生の眼つきは、すっかり狂気に彩られていた。禁断症状でも起こしたように、両手の指が小刻みに震えている。

「これで少しはしゃべりやすくなっただろう？　あんまり簡単にペラペラしゃべっちゃったら、プライドが崩壊するもんね。脅されてしゃべったっていう場面つくってあげたんだから、白状しなよ。しゃべんないと、そのへんの鉄棒、ケツの穴に突っこんじゃうよ。マジでやるよ。あんあん悶えてるところを、全世界に動画配信する。それでもいいなら、いつまでもしらばっくれてればいい」

スマホで動画を撮影しはじめた基生の横顔を見て、和翔はゾッとした。眼が血走りすぎて、白眼が真っ赤に染まっているように見えた。手の震えを押さえるように、親指の爪を噛んでいた。指先が切れてしまいそうなほどガリガリと……大変な豹変ぶりだったが、逆に安心もした。

拷問となると人が変わるのが、基生という男なのだ。たっぷりと時間をかけ、真綿で首を絞めるようにじわじわと相手を追いこんでいく。脅すための怒声はあげても、殴ったり蹴ったりはしない。いきなりクルマをぶつけたときのように、衝動的な行動に出ることはないだろう。

「ちょっと、これ頼む」

基生はスマホを和翔に渡すと、ロープを天井のパイプに通した。その片端を桑井の首に括りつける。逆の片端をしっかりと自分の手に巻きつけ、

「正座しろ」

ロープを引っぱりながら言った。基生がロープを引っぱれば、桑井の首にロープが食いこむ。そのままでは首が絞まってしまうので、桑井はうめき声をあげながら体を起こすしかない。両手両足を拘束されているので、糸で吊られたミミズのようにのたうちまわる。

「潮音を覚えてないって言い張るなら、テメエがやった悪事、一から十まで全部しゃべってもらおうか。いつから合コンを騙ってレイプをするようになった？　イベントサークルが輪姦サークルになった経緯を、最初から順番に説明しろ……」

桑井は苦悶に顔を歪めながら、なんとか正座の体勢になった。ロープが少しゆるめられると、激しく咳きこんだ。

基生は縮みあがった桑井の陰茎を一瞥し、残忍な笑みを浮かべた。口の両端が裂けたような、すさまじい形相だった。

和翔は桑井の姿を動画で撮影しながら、吐き気をこらえていた。

首を吊って全裸で正座——いくら潮音のカタキとはいえ、ここまでやれば不快になる。

桑井の立場になったらと思うと、寒気がしてしようがない。死ぬまで忘れられないトラウマを、心にガッチリと食いこまされるだろう。

もちろん、潮音はもっとひどいトラウマ体験を強いられた。それこそケツの穴に鉄棒を突っこまれるようなことをされたのだから、桑井に同情の余地などない。とはいえ、生理的に受けつけないからどうしようもなかった。本当に吐きそうだ。

「よお……」

スマホを基生に返した。

「ちょっと外の空気を吸ってくる」

「ああ」

基生は笑顔でうなずいた。まかせておけ、と言わんばかりだった。その眼が異様なほど輝いていたので、和翔は正視することができなかった。

3

午後二時過ぎ。

和翔はひとり、ワンボックスカーを運転して廃工場を離れた。千葉の奥地までやってきたので、五反田に戻るのに三時間近くかかりそうだった。山からおりるだけで三十分。盗難車に無免許運転では、乗車したまま戻るのはリスクが高すぎる。山の麓の雑木林にクルマを停め、最寄りの駅から電車で帰るのだ。

「……ふうっ」

長閑な駅のホームで、ひと息ついた。やけに空が青く澄み渡っていた。喉が渇いていたので、自動販売機で南アルプス天然水を買って飲んだ。喉は渇いていても胃が受けつけてくれず、駅舎の陰で少し吐いた。

基生のやり方は功を奏し、時間が経つほど桑井の口は軽くなった。〈シー・アイ・トゥー・アイ〉というイベントサークルの、恐るべき実態が次々とあきらかになっていった。

悪い噂は本当だったのだ。いや、噂以上だったと言ってもいいかもしれない。レイプ合コンの頻度は月に一、二度。毒牙にかかった女子大生の数は、二十人を下らないらしい。

「最初はふざけてただけだったんだよ。べつに女に困ってたわけじゃないし、セックスがしたくてたまらなかったわけでもない。ただ、異常に媚びを売ってくる女が多くて……なあ、正直に話すから、もう正座は勘弁してくれ」

「勘弁しねえよ。話が終わるまでな」

基生に冷たくあしらわれ、桑井は唇を噛みしめた。

「続けろ」

「学内の女はプライドが高いけど、他大の……偏差値低めの女子大の女はとくに、媚びを売ってくるタイプが多かった。飲み会の席で体くっつけてくるわ、ボディタッチを繰り返すわ、しまいには上目遣いで見つめてきて、お持ち帰りしてくださいと言わんばかり。僕たちが鼻白んでいるのも気づかず、ひとりテンションあげあげでね。もちろん、お持ち帰りなんてしない。一発やったら、うざい彼女気取りが始まるだけだから……そういう女をふざけてからかってたんだ。みんなの前で胸を揉んだり、スカートをめくったり。それがだんだんエスカレートして、新しく入ってきた女は、下着姿がデフォみたいになっていった。べつにみんな嫌がらなかった。ヘラヘラしながら服を脱いだ。まあ、文句を言いそうもない女を選んでたんだけど……なあ、頼むってっ！　正座はもういいだろう？」

「ガタガタ言ってねえで話を続けろ。時間がかかるだけだぜ」

基生には取りつく島もない。

「だから話すって言ってるじゃないか。実際、話してる。……下着姿にしてんのにヘラヘラされるとこっちだって面白くないから、寄ってたかって言葉責めにする。『貧乏くさいブラジャーだな』とか『平気で下着姿になってプライドないのか』とか『おまえやりまんだろ』とか、泣きだす寸前まで追いこんでおいて、誰かひとりがやさしくするんだ。それはたいてい僕の役割だったけど、『そんなことないよな。キミはサービス精神が旺盛なだけだよね』とか言って髪でも撫でてやれば、あとはもう言いなりだよ。軽いキスで眼つきをトロンとさせるし、裸になれって言えば裸になるし、みんなの前でどんな恥ずかしい格好でもする。ただ、断っておくけど、本当に無理やりじゃない。こっちは三、四人いて、向こうはたいていふたり組だから、乱交パーティみたいなものだけど、クスリを盛ったり、暴力的に言いなりにしたりしたわけじゃない。合意に基づいている。逃げられないような状況をつくってると言われればそうかもしれないが、普通のセックスだって多かれ少なかれそういう面があるじゃないか。女より体が大きくて力も強い男が、なだめすかして脚を開かせようとするわけだから……それに、そもそも尻尾を振ってやってきてるのは彼女たちのほうなんだ。僕たちは相手をしてやってる側の人間だ。はっ？　俺がいないところで、仲間が同じことをやってる可能性？　ないと思うね。自慢じゃないが、僕は仕切りの天才なんだよ。みんなそれを認めてくれているし、満足もしている。一対一で寝てしまうと彼女気取りが始まるけど、乱交だったらそうならない。誰かの女ではなく、〈シー・アイ・トゥー・アイ〉の女になる……なあっ、頼むよっ！　正座はもういいだろう？」

　和翔と基生は眼を見合わせた。唾を吐きかけたくなるような選民意識だった。どれだけ取り繕って話そうが、桑井の言葉の端々からはそれがうかがえた。自分たちは特別な存在で、それに群がる女たちにはなにをしてもいい……。

　要するに、桑井はまだ調子に乗っていた。首を吊られて全裸で正座という屈辱を与えられてなお、格好をつけていた。口八丁手八丁で乱交に参加させた女に対する罪悪感など皆無で、正座から逃れたい一心で媚びた眼つきをしながらも、口調はむしろ自慢げだった。

　もちろん、この男は自慢する相手を間違っていた。

「正直に話してるだろ？　僕、正直に話してるよね？　だから、マジでもう正座は勘弁してくれないか？　脚が痺れてる。さっきからずっとだ。もう感覚がほとんどない。もういいよね？　脚を崩してもいいよね？」

　基生は無視した。もちろん和翔もだ。桑井が脚を崩そうとすると、基生はロープを引っぱって首を絞めた。

「やっ、やめろっ……死んじゃうっ……死んじゃうよっ……」

「そういうこと、どこでやってたんだ？　居酒屋の個室か？」

「ぐぐぐっ……いっ、居酒屋の場合もあるし、カラオケとか……あとはラブホのパーティルームだったことも……」

　桑井は苦悶に顔を歪めながら答えた。額に脂汗が滲んでテラテラと光っている。よほど正座がつらいらしいが、まだ二時間も経っていなかった。地獄を見るのはこれからだ。

「ゆっ、許してっ！　もう許してくださいっ！」

「テメエ、自分の立場わかってんのか？　正座させられんのと乱交させられんの、どっちがきついと思ってんだ？　どんな乱交だったか話せ。どうせひどいこと散々したんだろ？　全部話せよ。話すまで終わらないぜ」

桑井は顔中を脂汗にまみれさせながら、密室での出来事を白状しはじめた。耳を疑うような下卑（げび）たシチュエーションが次々に語られた。

女の乳首を洗濯ばさみで挟（はさ）んだ……それをタコ糸で結んで友達と引っぱりあいをさせた……犬の真似（まね）をさせて尻の穴までさらしものにした……汚れていると泣くまで笑いものにした……陰部をマドラーでいじったり、氷を突っこんだりした……さらには全員の前でオナニーまで……。

「このクソ野郎……」

基生が桑井の顔面を蹴りあげようとした。和翔はとめなかった。脅しだとわかっていたからだが、本当に蹴りあげても文句はなかった。桑井が語った内容を強制させられている、潮音の姿を想像してしまったからだった。

基生は蹴りあげるのを寸前でこらえた。それでも怒りが治まらず、桑井の顔にペッと唾を吐きかける。真っ赤な顔でふうふうと息を荒らげながら、興奮を抑えるように親指の爪を噛む。

「なにが名門大学のサークルだ。やってることは悪徳ＡＶ業者みたいなもんじゃねえか……」

和翔にも異論はなかった。この男は女をナメている。女がひとりいれば、彼女を大切に思っている人間がまわりに何人もいるということを想像できない。彼女を宝物のように扱い、柔らかい布で大事に大事に磨（みが）いている存在に気づかない。その罪に相応しい罰を与えてやらなければならないということだ。

とはいえ。

ようやくやってきたローカル電車に乗りこみ、座席に体をあずけながら、和翔は大きく息を吐きだした。

桑井がとんでもない悪党であるのは間違いないにしろ、どうにも気にかかることが、ふたつあった。

ひとつは、潮音の画像を何度見せても、桑井が「知らない」としか答えなかったことだ。正座による脚の痛みに悶え苦しみ、少しでも早く逃れるために、桑井は必死になっていた。口にすれば和翔や基生が怒り狂うに決まっているシチュエーションについても話したし、思いだせる限りの女の名前や大学名までカメラに向かって白状しているのである。にもかかわらず、潮音については「知らない」を貫き通している。

もちろん、潮音をレイプしたことを認めれば、命が危ないと思っているのかもしれない。基生の狂気じみた眼つきと態度から、それだけは認めてはならないと自分に言い聞かせている可能性は捨てきれない。

だが和翔は、どうにも釈然としなかった。潮音を「知らない」の一点に関してだけは、桑井が嘘を言っているように思えなかった。レイプではなく合意があったと開き直る態度には嘘の匂いしかしなかったし、クスリを盛ったり暴力的なことはしていないという言葉だって額面通りには受けとれない。

それでも、潮音に関してだけは本当に知らないような気がするのだ。根拠は、最初に画像を見せたときの表情である。知っているのにとぼけている表情ではなかった。少なくとも、和翔にはそう見えた。

そしてもうひとつ。

基生はなぜ、桑井の父親が有名人であることを黙っていたのだろう？　政治評論家であることもそうだが、警察に顔が利くような人物だということを……。

もちろん、ただ単に、言うタイミングがなかっただけなのかもしれない。たまたま言い忘れていて、言い忘れていたこと自体も忘れていたのかもしれない。それならいいのだが、和翔がビビらないように拉致が成功するまでわざと伏せていたとしたら、少し淋(さび)しい。

桑井の家が豪邸であることを伝えたときも、和翔はビビッてなどいなかったはずだ。問題は桑井が潮音をレイプしたかどうかであり、富裕層かどうかなんてどうだっていいことなのだ。桑井の父親の正体を知ったところで、その考えが揺らぐはずがない。

しかし、問題は別にあった。

そういうこととはまったく別の方向に、最大の不安がある。

基生の狂気じみた眼つきを思いだす。今回の基生の怒り狂い方は尋常(じんじょう)ではない。あの異様な眼の輝きの奥に、基生がまだなにか隠しているとしたとしたら……。

たとえば殺意だ。

拉致はひとりでは難しいので、和翔の手も必要だったろう。しかしそこから先は、基生ひとりでも充分だ。和翔が仕事でいったん抜けるのは、計画段階から決まっていた。桑井とふたりきりになれば、秘めていた殺意を解放できる……。

考えられないことではなかった。

基生は基本的にやさしい男だが、今回はやさしさが裏目に出る可能性がある。妹思いであるぶん、妹を穢された恨みは深く、拷問で泣かせたくらいではおさまりそうもないと、最初から腹を括っていたとしたら……。

殺してやろうと……。

八つ裂きにするしかないと……。

桑井が潮音をレイプしたことを認めたら、惨劇の始まりだ。もはや難しい手続きは必要ない。桑井の首にまわっているロープを引っぱりあげればいいだけだ。すぐには殺さない。潮音の味わった恐怖や屈辱を思い知らせるため、何度も窒息寸前まで追いこんではロープをゆるめる。桑井が流した脂汗が染みこみ、ロープまでヌラヌラと輝きだす。

桑井は必死に命乞いをするだろう。金ならいくらでも払うなどと言いだすかもしれない。だが、いくら積んだところで、妹を犯された基生の怒りを鎮めることはできない。やがて、ロープをつかんだ手に本気の殺意がこもる。首を絞めあげられた桑井は眼を剝いて悶絶し、大小便を漏らしながら死に至る。

廃工場に無残な首吊り死体がひとつ。

基生はすべての罪を自分ひとりで被ろうとするだろう。あの男はそういうやつなのだ。和翔に迷惑をかけないよう、警察に自首するかもしれないし、行方をくらますかもしれない。

兆候は、あった。桑井を拉致する際、基生が段取りを無視して、いきなりクルマで轢いたことだ。あれはいつもの基生ではなかった。いま思えば、決意表明みたいなものだったのかもしれない。和翔に対してではなく、自分自身に対しての決意表明だ。無茶をすることで、退路を断とうとしたのではないか？

電車がトンネルに入り、和翔はハッと息を呑んだ。窓ガラスに映った自分の顔が、幽霊のように見えたからだ。

基生と桑井をふたりきりで残してきたことが、すさまじく不安になってくる。同じ目的で力を合わせているはずなのに、基生だけが別の方向を向いている気がしてしようがない。基生の気持ちがわかるだけに、嫌な予感がおさまらない。

4

五反田に着いても、基生のことが気になってしかたがなかった。

――状況は？

と何度もＬＩＮＥを送ったが、「大丈夫」「順調」「心配いらないよ」としか返ってこない。本当に大丈夫なのだろうか？　すでに桑井は絶命していて、和翔が戻ったとき、廃工場はもぬけの殻だったらと思うと、戦慄を覚えずにはいられなかった。

「次は目黒川沿いのパチ屋です」

大西さんがパケを渡してくる。心の揺らぎを大西さんに悟られないように、和翔はなるべく淡々と仕事をこなした。パケを入れたアメスピボックスをGジャンのポケットにしまい、じめじめした暗い路地裏に出ていく。

金曜日なので、いつもより客が多かった。逆に助かった。慣れた作業とはいえ、違法薬物の売買をしているのだから、さすがにその瞬間だけはトラブルを避けることに全神経を集中させる。まわりにあやしい人間はいないか、客の表情や態度はどうか、パチンコ屋の店員の視線は……気を抜けば一瞬先が闇なのが、裏の仕事のリアルだった。台を物色しているように振る舞っていても、視界は一八〇度、いや、背中にまで眼があるようにしていなければならない。

しかし、少しでも仕事の間が空けば、気持ちは千葉の山間にある廃工場へと連れ戻された。

ここから先のシナリオを考えてみる。和翔が廃工場に戻れるのは、明朝だ。電車が動かなければ足がない。タクシーはなるべく使いたくない。深夜にあんな田舎まで行くと目立つし、ドライブレコーダーにも記録が残る。

和翔が現場復帰できる明朝までに、基生は桑井になにもかも白状させることができるだろうか？　潮音について言質がとれるだろうか？　すべてはそこにかかっているような気がする。

あれは二年半ほど前のことだ。

和翔と基生は当時、足立区の綾瀬でシャブの売人をしていた。綾瀬はやくざの事務所も多く、不良たちの凶暴性も五反田などとは比べものにならない物騒な土地柄だった。上の人間の威圧感もすさまじく、極道の部屋住み修業をしているかのような息苦しい毎日を強いられていた。

そのアジトであるマンションに、襲撃があった。目出し帽を被った男が三人、刃物を抜いて雪崩れこんできたのだ。マンションには和翔と基生の他、新倉という三十過ぎの男がいた。彼はそのときトイレに入っていたので、和翔と基生はふたりで応戦しなければならなかった。

おとなしく金とシャブを出せ——襲撃者はそう言ってきたが、言いなりになることなんてチラとも頭をかすめなかった。とにかく金とシャブを守らなければ、あとで上の人間にどれほどヤキを入れられるかわからない。冗談ではなく、海に沈められたり、山に埋められるかもしれず、死にもの狂いで応戦するしかなかったのだ。

「ふざけんな、コラアーッ！」

和翔は手当たり次第に物を投げつけた。ケータイ、マグカップ、ライター、時計……隙を見て木刀を手にした。護身用でもなんでもなく、上の人間が下っ端を脅すための小道具だったが、あってくれて助かった。奇声をあげて振りまわすと、相手にヒットした。ひとりが脇腹を押さえてうずくまったので、後ろにいた敵も怯んだ。さらに木刀を振りまわし、出口付近まで押し返していく。敵はしきりに目配せして、逃げるタイミングを見計らっているようだった。もうちょっとだった。

そのとき、「危ないっ！」と基生が叫んだ。和翔が振り向くと、目出し帽の男がやけに切れ味のよさそうなハンティングナイフを振りあげて迫ってくるところだった。一瞬、金縛りに遭ったように動けなくなった。木偶の坊になった和翔の前に立ちふさがるように、基生が飛びこんできた。横顔を切りつけられ、「ぎゃあっ！」と悲鳴をあげた。

顔の左半分が真っ赤に染まった基生は、耳を押さえていた。傷口は見えなかったが、相手が驚いているほどの出血量だった。

「テメエら……ただで帰れると思うなよっ！」

和翔が滅茶苦茶に木刀を振りまわすと、基生の耳を切った男は出入り口に向かって後退っていき、三人とも逃げだした。急いで鍵を閉めた。「大丈夫？」と新倉がトイレから出てきた。かまっていられなかった。基生の耳は上から三分に一ほど切れていた。ポタポタとしたたる血が、みるみるうちに絨毯に大きなシミをつくった。とにかく止血をしなければと、和翔は近所の薬局に走った。

上の人間が続々とアジトに集まってきた。和翔たち下っ端三人はクルマに押しこめられ、街のはずれに連れていかれた。倉庫なのかガレージなのか、ガランとした建物の中で降ろされた。

「おまえらの中に裏切り者がいるんじゃねえか？」

上の人間の中でも、いちばん上の強面が言った。

「朝まで時間をやるから、自分たちで犯人を捜せ。状況証拠じゃダメだ。拷問でもなんでもして、自白させるんだ。できなかったら連帯責任で、三人揃ってケジメをつけさせる」

その男はおそらく、犯人が誰なのかわかっていた。和翔と基生にしてもそうだった。襲撃者たちがマンションの部屋に乱入してきたとき、扉の鍵がかかっていなかった。最後に戻ってきたのは、新倉だった。鍵をかけずに、一目散にトイレに閉じこもった。襲撃者たちと通じているのは間違いなかった。つまり上の人間は、和翔と基生に新倉をツメろと命じてきたのである。

「シャッターは外から鍵をかけていく。音は出しても大丈夫だ。まわりには畑と空き家しかない」

上の人間たちがいなくなり、三人だけになると、

「まさか、俺を疑ってるんじゃないだろうな？」

新倉は不潔な笑みを浮かべて言った。三十を過ぎているのに、十代の和翔や基生と一緒に下っ端の売人をやっているような男だった。無能なくせに年上であることを笠に着て、和翔や基生には常に偉ぶっている真正の馬鹿だ。

こんなことがなくても和翔はうんざりしていたが、問題はどうやって口を割らせるかだった。この手の男は無駄にタフだ。ボコッたところで、ボコられながら言い逃れを考えている。口先だけは達者なので、言い争いをしても丸めこまれてしまうかもしれない。そうこうしているうちに朝になれば、和翔や基生も地獄に巻き添えだ。

「ねえ、新倉さん……」

基生が切りだした。

「自分も新倉さんのこと信じたいですけど……新倉さんが鍵かけなかったから、やつらが乱入してきたのは事実ですよね？　疑うなっていっても無理ですよ」

意外な展開だった。和翔はまだ基生の本性を知らなかった。拷問なんて大嫌いなタイプ

だとばかり思っていたので、和翔は自分が仕切らなければならないと腹を括っていたのだ。

「だからそれはたまたま忘れただけだって……」

新倉が言い訳する。

「よくあることじゃないか。おまえいままで生きてきて、鍵をかけ忘れたこと一回もないか？」

「試させてくださいよ」

「なにを？」

「信用できるかどうか、試させてください」

「ハッ……」

新倉は苦々しく笑った。

「ボコるならボコればいい。それで気がすむなら……」

「ボコるなんて言ってませんよ」

「じゃあ、どうしろって……」

「簡単な話です。ここに正座してもらっていいですか？」

基生は足元を指差した。コンクリートの床だ。

「俺がいいって言うまで正座してください。それができれば、新倉さんを信用します。約束します」

「正座ねえ……」

新倉はしばらく眼を泳がせて逡巡していたが、

「おまえもそれでいいのかよ？」

和翔に訊ねてきた。和翔は基生を見た。やけに落ち着き払っていた。

「まあ……基生が信用するっていうなら……俺も……」

基生の意図はわからなかったが、とりあえずまかせてみることにした。時刻は午後九時過ぎだった。朝までに時間がないわけではない。

新倉が正座した。

和翔は基生に目配せし、部屋の隅に行った。パイプ椅子があったので、ひろげて腰をおろした。ガランとした空間で、新倉がひとり正座している姿は滑稽だった。間抜けと言ってもいい。緊張感のなさが不安を誘った。授業中に粗相をした小学生ではないのだ。裏切り者に正座をさせて、いったいどうするつもりなのだろう？

「大丈夫なのかよ？」

和翔は小声で基生に訊ねた。

「まあ、ちょっと様子を見させて」

「勝算あるんだろうな?」

「たぶんね」

基生は横顔を向けたまま、親指の爪を噛みはじめた。詳しく説明する気はないようだった。和翔は足元に視線を落とした。工具類が入った木箱が置かれていた。ハンマー、ペンチ、ヤスリ、電気ドリルやガスバーナーまである。なにかを修理するための道具ではない、とすぐにわかった。結束バンド、ガムテープ、五寸釘の束……ここは拷問部屋なのだ。朝までに新倉の口を割らなければ、生まれてきたことを後悔したくなるような目に遭わされそうだ。

一時間が経った。

「おい、まだかよ?」

新倉はかなり苛立っていたが、

「いいって言うまでやる約束ですよ」

基生は相手にしなかった。

二時間が経つと、

「いい加減にしろよっ!」

新倉は怒りの形相で声をあげた。

「こんなことでいったいなにを試してるってんだっ！　もう付き合いきれんっ！　やってらんねえよっ！」

脚が痺れているのだろう、立ちあがろうして転んだ。生まれたての子鹿のようにのたうちまわりながら脚をさすり、ひいひい言っている。苦笑している和翔に、基生がなにかを投げてきた。ガムテープだった。

「いいって言うまで正座している約束ですよ」

基生は新倉に近づいていき、体を起こそうとした。新倉が「うるせえっ！　うるせえっ！」と抵抗する。和翔はその手を後ろにまわし、ガムテープで拘束した。基生から指示があったわけではないが、そういうことなのだろうと思った。

「正座しろって言ってんだよっ！」

基生が新倉の髪をつかみ、強引に体を起こす。

「やるって言ったんだから、やれよテメエッ！　たかが正座だろっ！　最後までやりきって男見せてみろよっ！」

怒鳴り散らす基生に、和翔はちょっと引いてしまった。言葉遣いが急に乱暴になったことにも驚いていたが、眼つきもおかしくなっていた。しかも、怒鳴り散らしながら殴るのであればまだわかるが、ただ正座を強要しているのだ。そのちぐはぐさが、よけいに怖い。

「ボコればいいだろっ！　ボコれよっ！」

新倉が吠(ほ)える。なんとか正座の体勢を崩そうと体を揺するが、ふたりがかりで押さえられていてはどうにもならない。

「ボコらねえよっ！　正座するんだよっ！　そういう約束だろ、ええっ？　さっきの襲撃で、俺がどんな目に遭ったと思ってんだ？　テメエがトイレに隠れてる間、なにされたか見せてやろうか？」

基生は頭に巻いてあった包帯を取った。和翔を守るためにナイフで切られ、和翔が手当てした傷だった。あまり見たくなかったが、基生はガーゼもはずして切れている耳をつかむと、新倉の顔に近づけていった。

「見ろよっ！　ナイフでこんなんされたんだよっ！　もう少しですっぱり落とされて、グラサンもかけられなくなるところだったんだよっ！　テメエの手引きじゃねえんだな？　テメエのせいでこんなことになったんじゃねえって言えるんだな？」

基生は興奮していた。耳を強く引っぱりすぎて、再び出血が始まった。それが新倉のズボンに点々(てんてん)としたたった。新倉は唖然(あぜん)として、言葉も返せない。和翔も完全に引いていた。ドン引きだった。親友が発狂してしまったのかと思った。

「おい、ちょっと落ち着け……」

和翔は基生をうながし、元の椅子に戻った。基生は血のしたたる耳を手当てしようとしなかった。そもそもその場所には、拷問道具はあっても救急箱などなかった。基生の首筋にはダラダラと血が流れていた。それを横眼に見ている新倉は、おとなしく正座を続けるしかなかった。

五時間が経った。

新倉は泣きだした。涙を流し、嗚咽を漏らして、真っ赤になった顔をくしゃくしゃにした。

「もっ、もう勘弁してくれっ……勘弁してくれよっ……」

手放しで泣きじゃくりながら、哀願の言葉を繰り返す三十男は、憐れのひと言だった。

「こんなことしてたら、脚が腐るっ！　血がとまって腐っちまうよっ！」

基生は親指の爪を噛むばかりで、なにも答えない。時折、耳から流れる血を指ですくって舐めたりしては、ギラギラした眼つきで新倉を睨みつける。

シャブをやっている人間の眼つきそのものだった。新倉に眼を向けていても、新倉ではないなにかを見ている。もちろん、基生はシャブなんてやっていない。和翔と同じで、人に売っても自分では使わない。つまり、彼の内面に潜んでいた狂気が眼つきに出ていると考える他なかったが、それはそれで背筋が冷たくなるほど怖かった。

七時間半で、新倉は落ちた。

何度も横に倒れて正座から逃れようとしたが、そのたびに和翔と基生が元に戻した。新倉が泣いても叫んでも、黙々（もくもく）とそれを繰り返した。

新倉は正座から逃れたい一心で、すべてを白状した。襲撃グループと裏で通じていたことを認め、仲間の名前を全部吐いた。ケータイのアドレスから、連絡先もすべて押さえることができた。

朝になってやってきた上の人間が、新倉をどこに連れていったのかは知らないし、知りたくもない。和翔の知りたいことは別にあった。

上の人間の運転するクルマで、綾瀬駅の近くまで運ばれた。まだラッシュ前の早朝だった。街に人通りはほとんどなかった。疲れきっていた和翔は、ガードレールに腰をおろした。基生も隣に座る。

「おまえ、病院行ったほうがいいぞ……」

和翔は力のない声で言った。襲撃者のナイフによって三分の一ほど切られた基生の耳は、強く引っぱったせいで半分ほどまで裂けていた。応急処置で、ガムテープを貼ってある。顎のあたりでドス黒く固まった血が、痛々しさを超えて禍々しい。

「そんな眼で見ないでくれよ……」

基生は恥ずかしそうに顔を伏せた。もう狂気のにじんだ眼はしていなかった。いつも通りの基生だった。

「自分でもやりすぎたと思ってるから……」

「おかげで助かったのは……事実だけど……」

「あいつ、口がかたそうだったからな。半殺しにしてもしゃべらなかったよ、きっと……」

基生は遠い眼をして言葉を継いだ。

「うちの母ちゃん、男をコロコロ替えるひどい女だったんだけどさ、相手の男も輪をかけてひどい男ばっか……まあ、酒飲んで暴れるのはデフォだよね。物心つく前から殴る蹴るだよ。でも、いちばんきつかったのが正座させてくるやつだった。そのころ住んでたアパートの前には駐車場があって、砂利の上に正座させられるんだ。新倉なんて甘いよ。俺は最長十時間させられた。男はアパートの窓からずっと監視してて、少しでも脚を崩そうものなら飛んでくるわけ。殴ったりはしないんだ。どうしておまえは正座くらいできないんだって、ぶっ飛んでる眼で説教されるんだけど、それが怖くて怖くて……外で大声でわめき散らしてるのに、近所の人は誰も助けに来ない。それくらいやばい感じなんだけど、そいつはアル中じゃなくてシャブ中だった。おかげでまあ、シャブやろうって気は一ミリもなくなったけど……」

和翔は言葉を返せなかった。つまり、先ほどの基生には、彼を折檻していた男が憑依していたということなのだろうか？　壮絶なトラウマを植えつけられた、憎んでも憎みきれないシャブ中の男が……。

## 5

「今日はこのへんにしときましょうか」

有楽街のアジトに戻ると、大西さんが言った。

「えっ？　まだ十時前ですよ？」

和翔は驚いた。パチンコ屋は午後十一時には閉店するが、金曜日は客からの連絡が多い。あと一時間で十万は稼げそうだし、その後にはサウナタイムもある。深夜の二時近くまで、客が途絶えることはないはずだ。

「あとは私がなんとかしますから、先にあがってください」

「どうして急に……」

　和翔は困惑顔で両手をひろげた。

「今日の和翔くんは、ちょっと心配です」

「えっ……」

「ずいぶんとそわそわして落ち着かない。私が警官なら、職質したくなりますね」

「そんなことありませんよ……」

　和翔は苦笑するしかなかった。

「そりゃまあ、ちょっと友達とトラブルがあって、ここにいるときはそわそわしてたかもしれませんけど、外に出たらビッとしてます。むしろ、いつもより神経研ぎ澄まされてる感じですから」

　大西さんは黙ったまま和翔を見つめてきた。老犬のように潤んだ眼が、異様な光を帯びている。

「とにかく、今日はもうやめておきましょう。いつものキミじゃない。なーに、人間なんだから、そういうときもありますよ。これでふたりの関係にヒビが入るわけじゃない。ただ、私には私なりの判断基準がありましてね。無理して危ない橋を渡る必要はないというだけのことです。これ、今日の取り分」

一万円札が二枚、ガラスのテーブルに置かれる。

「……わかりましたよ」

和翔は納得いかなかったが、大西さんは一度こうと決めたら梃子(てこ)でも動かない人だった。口論することに意味はないので、仕事用のケータイをテーブルに置き、金をポケットに突っこんで部屋を出た。

大西さんの敏感すぎるセンサーに、半ば(なか)呆れていた。たしかに和翔は、いつもの和翔ではなかった。普通に振る舞っているつもりでも、普通ではなかったのかもしれない。いま抱えているトラブルは、並(なみ)のトラブルではない。それにしても、こんなふうに仕事現場から途中で帰されるとは思わなかった。

暗い路地裏から出ると、有楽街は酔っ払いや店の呼びこみで賑(にぎ)わっていた。よたよたと千鳥足(ちどりあし)で歩く連中の間を水すましのように通り抜けて、ビルの陰で息をひそめた。自分のスマホを取りだして基生にかけた。電話はすぐに繋がった。

「どうだ？」

「問題ないね」

「肝心(かんじん)なことは吐いたのかよ？」

「それはまだ。でも、心配ないよ。朝までにはなんとかなるっしょ」

「仕事が急遽中止になったから、これからそっちに向かうぜ」

「そう……」

「なにか必要なものは？」

「腹が減ったな」

「了解」

和翔は電話を切り、大きく息を吐きだした。とりあえず安心した。基生の口調に狂気じみたところはなかったし、これから行くと言っても動じなかった。淡々と、桑井を正座させているのだろう。もちろん、正座させられている桑井は淡々となどしていられない。監禁してから、すでに十時間が経っている。ずっと正座させられているとしたら、正気を失っているかもしれない。

あの拷問で、桑井は口を割るだろうか？

潮音をレイプしたと認めるか？

しらばっくれるのは難しいし、仲間を守るための嘘をつき続けることも考えづらかった。口が達者な新倉でさえ、途中から思考回路が完全に壊れていた。見ていてはっきりわかるほどだった。この男の頭の中にはもう、正座地獄から逃れること以外にはなにもないと……。

だが、そうなると逆に、自暴自棄になる可能性もある。

基生によれば、砂利の上で十時間正座させられると、もういっそのこと殺してくれ、という気持ちになるのだそうだ。つまり、やってもいないレイプをやったと言うことで、正座地獄から逃れようとするかもしれない。それはよくない。桑井が偽(にせ)の証言をすれば、真犯人が野放しになる。

「助かった……」

スマホで電車の乗換案内を確認すると、終電まで一時間ほど余裕があった。千葉の廃工場に戻る前に、寄っておきたい場所がある。

酔っ払いだらけの駅前ロータリーを抜けると、線路沿いの暗い道を目黒方面に走った。なるべく人通りのない道を選んで、基生の家を目指した。息があがっても、走るのをやめなかった。呼び鈴を押さず、扉の外から潮音に電話をかける。

「俺だよ。家の前にいるから開けてくれ」

ギーッと錆びた扉が開いて、潮音が顔を出した。虚(うつ)ろな眼をしていた。左眼のまわりの青タンはだいぶ薄くなっていたが、消えたわけではない。いくら化粧をしても、これではまだ外に出られないだろう。大学も休んでいるに違いない。

「ちょっとあがらせてくれな」

靴を脱いであがった。もう六月なのに、居間にはコタツが出しっぱなしだった。この部屋は外より寒いのかもしれなかった。テレビはついていたが、母親は自室にいるようだった。和翔はコタツに入った。

「なにか飲む？」

潮音が訊ねてきた。

「じゃあ、コーヒー」

べつに飲みたかったわけではない。いきなり本題を切りだすのが気まずかっただけだ。潮音に会うのは一週間ぶり――彼女がレイプされたあと、カラオケ店での騒ぎがあって以来だった。

潮音にしても、気まずいに違いない。彼女の人生は、あの日で大きく変わってしまった。それが現実だった。そして、錯乱状態の中、レイプをされたことをしゃべってしまった。しゃべったことを後悔しているのでないか、と和翔は心配でたまらなかった。レイプ被害者にありがちな心理らしい。自分さえ黙っていれば、すべてをなかったことにできる……。

潮音がそういう心理状態にあるのなら、話を蒸し返したところで、いいことなんてなにもないだろう。和翔は和翔なりに、レイプ被害者についてネットでいろいろ調べてみた。

被害者は犯人の顔を見ただけで、フラッシュバックやＰＴＳＤに襲われることもあるという。

だが、確認しないわけにはいかなかった。桑井が潮音を知らないと言い張っていることが、どうにも気になってしかたがない。和翔には嘘をついているようには見えなかったが、潮音が桑井の顔写真を見てこの男が犯人だというのなら、決定的な証拠になる。こちらの眼が節穴だったということだ。

問題は、どうやって見せるかだった。ここに滞在できる時間は三十分程度。余計なことをダラダラ話している時間はない。だからといって、鼻先に写真を突きつける度胸もない。

台所から物音が聞こえてきた。そろそろコーヒーがやってきそうだった。この家のコタツの天板は、無数の調味料が中心に置かれていて、手元にほんの少ししかスペースが空いていない。

和翔は潮音がコーヒーを置くであろう位置の少し横に、スマホを置いた。〈シー・アイ・トゥー・アイ〉のホームページにアクセスし、真っ白い歯を剥いて笑っている桑井の顔を画面に出す。

「お待たせ」

潮音がコーヒーを運んできた。両手にマグカップを持っていた。そのひとつを、和翔の前に置いた。スマホのスリープ機能はオフにしてある。画面には桑井の顔が映ったままだ。マグカップを置くために、視界に入ったはずだった。

なのに潮音は、いっさいスルーして斜め隣に腰をおろした。マグカップを両手で包み、

「六月なのに寒いよねえ」とぼんやりした顔でつぶやく。

「おい……」

和翔は体中から血の気が引いていくのを感じた。

「おまえ、この男、知らないのか？」

桑井の顔の映ったスマホの画面を向ける。潮音は不思議そうな顔でパチパチとまばたきした。知らないのだ。つまり、潮音を傷つけた犯人は、桑井ではない。

衝撃に、和翔の心臓は早鐘を打ちだした。

桑井でないなら、〈シー・アイ・トゥー・アイ〉に所属する別の人間の仕業だろうか？

K大のカフェのような部室で見た、ガタイのいい男たちが脳裏をかすめていく。だが桑井は、自分の知らないところで合コン騙りの輪姦パーティは行っていないはずだと断言していた。

どういうことなのだろうか？

桑井の眼が届いていないだけ、ということはあり得るのか？

あるいはあの男が言っていたとおり、これは濡れ衣……。

「どうしたの？」

潮音が心配そうに眉根を寄せる。

「顔、怖いけど……その人がどうかした？」

「いや……」

和翔は眼をそむけた。完全に混乱していた。レイプ被害者にとって犯人は、忘れてしまいたい存在だ。忘却の彼方へ押しやるためにありとあらゆる努力をするそうだが、簡単なことではない。ましてやたったの一週間で、忘れてしまえるわけがない。

「あー、やっぱり和翔くんだよう」

母親の敏子が部屋から出てきた。わざとらしい笑顔を浮かべてこちらに近づいてくる。ドスン、ドスン、と足音がしそうだった。和翔がこの部屋によく顔を出すようになってから三年あまり。野良猫の眼をした痩せっぽちの十五歳は、十九歳の立派な女子大生に成長した。その一方で、母親はぶくぶくと太りつづけた。病的な肥満だった。体重一〇〇キロはゆうに超えている。

敏子は和翔の向かいに座ると、ニヤニヤ笑いながら分厚い手のひらを差しだしてきた。

和翔は舌打ちしたくなった。この家に来るときは、彼女の好物である牛丼弁当を手土産に買ってくるのが習わしだった。指定の店は吉野家。大盛りや特盛りではなく、あえて並盛りふたつ。弁当ひとつに対して三個までついてくる紅生姜(べにしょうが)を六つもらうためだ。人通りのない道を走ってきたせいで、すっかり忘れていた。

「すいません。今日はありません……」

上目遣いで謝ったが、敏子は許してくれなかった。

「なんでだよう！　なんでないんだよう！」

幼児のように下唇を突きだし、調味料の山の中に立っている箸(はし)を抜いた。スーパーの名前が入った袋ごと、バキッと折った。

「すいません。次は絶対忘れませんから……」

和翔は謝るしかなかった。

「当たり前なんだよう。ここはオレんちで、サ店じゃないんだよう。遊びに来るなら手土産がいるに決まってるよう。なんだい。潮音には服でもなんでも買ってやって、オレには牛丼も買ってこれないのかよう」

「いや、だから……」

「買ってこい！」

敏子はコタツの天板を揺すった。

「ダッシュで牛丼！　牛丼！　牛丼！　牛丼！」

言いながら、ドン、ドン、ドン、と両手で天板を叩きはじめる。立っていたマヨネーズやケチャップのチューブが、七味唐辛子やラー油の瓶が、次々と倒れていく。和翔と潮音はあわてて自分の前のマグカップを手に取った。よくない兆候だった。このままだと、敏子の機嫌は悪くなっていくばかりだ。

「わかりました。買ってきます」

和翔は立ちあがり、外に行くぞと潮音に目配せした。潮音はやれやれと深い溜息をついてから、自分の部屋に上着を取りにいった。

## 6

基生の家からいちばん近い吉野家は、山手通りと桜田通りの交差点にある。

とりあえず、そちら方面に向かって歩きだした。徒歩六、七分の距離だろうか。スマホで時刻を確認すると、午後十時二十九分だった。十一時には五反田駅にいないと、千葉までの最終電車に間に合わない。十時五十分には駅に向かう。牛丼弁当を買ったところで、敏子に届ける暇はない。

だがもちろん、そんなことはどうだってよかった。潮音に金を渡して買って帰らせればすむ話だ。左眼の青タンを隠すため、パーカーのフードを被っている彼女には申し訳ないが、頼めば嫌とは言わないだろう。

問題は他にあった。

あと二十分やそこらで、果たして潮音の口から真相を聞きだすことができるだろうか？

いや、そもそも真相とはなんなのか？

和翔にはまるでイメージできなかった。犯人が桑井ではなく、〈シー・アイ・トゥー・アイ〉の関係者でもないとしたら、潮音はいったい誰にレイプされたのか？　悪名高きヤリサーを騙った模倣犯、という線もあり得るかもしれない。だが、そうなると事態は一気にややこしくなる。こちらはもう、〈シー・アイ・トゥー・アイ〉の主宰者を拉致監禁し、拷問までしているのだ。

「ふたりで外歩くの久しぶりだね？」

眼をフードで隠したまま、潮音が言った。

「知りあったころは、よくいろんなところ連れてってくれたのに……」

「いろんなところ？　よせよ」

和翔は苦笑した。連れていったのは駅ビルやドラッグストア、本屋や文房具屋、たまに洋服屋、そんなところだ。

潮音を大学に行かせるという目標を立てたものの、野良猫の眼をした極端に無口な十五歳と、和翔はうまくコミュニケーションがとれなかった。兄貴の言うことは素直に聞くのだが、和翔が相手だと会話が続かない。恥ずかしがって一緒に食事もしてくれない。

そこで、買い物に連れていってご機嫌をとろうとしたのだ。実際、潮音はろくに物をもっていなかった。勉強させようにも筆記用具にも事欠く有様だったので、買い与えてやらなければならなかった。

といっても、金がなかったので万引きだ。潮音に欲しいものを選ばせると、全部ガメてきた。十三歳で家出をした和翔にとって、万引きは生きるために必要な技術だった。しくじりはしない。

もちろん、潮音には万引きだとは言っていない。商品を選ばせると、ガメる前に店から出した。一度だけミスをしたことがある。ガメてきたリップクリームをそのままジャンパーのポケットから出し、渡してしまったのだ。もちろん、店名の入ったシールも貼られていなかった。いつもはコンビニの袋とかに入れて偽装していたのだが、うっかりしていた。

それを見て、潮音は笑った。和翔に初めて笑いかけてくれた。潮音としても笑うしかなかったのだろうが……。

「いまのは忘れてくれ」

和翔は頭をかきながら言った。バツが悪かった。そのせいで妙に格好をつけた台詞を口にしてしまった。

「俺は手を汚す。でも、おまえには汚してほしくない。清らかなままでいてほしいんだ。いいだろ、それで」

反論は許さない、という感じで言った。リップクリームを万引きしたくらいでイッパシの犯罪者気取り――恥ずかしくて死にたくなる。おかげで、潮音がどんな顔をしていたか思いだせない。キョトンとしていたか、笑いつづけていたか、もしかすると呆れていたかもしれない。

確実に言えるのは、その小さな事件があってから、潮音が徐々に心を開いてくれるようになったことだ。会話が続くようになったし、食事も一緒にしてくれるようになった。和翔が家に行くとはにかんだ笑顔で迎えてくれ、野良猫の眼つきから飼い猫の眼つきに変わっていった。

嬉しかった。

潮音が高校生になると、万引きはやめた。シャブの売人で稼げるようになってきたので、小遣いを渡して必要なものは自分で買うように言った。ふたりで連れだって出かけることはなくなったが、和翔はホッとしていた。潮音の持ち物を万引きで手に入れていることに、多少なりとも罪悪感があったのだ。万引きに罪悪感があったわけではない。彼女だけはきれいな水の中で泳いでほしかった。

「ねえ……」

吉野家に向かって歩きながら、潮音が声をかけてきた。

「和翔くんは、誰の味方？」

「なんだよ急に……」

「絶対に、なにがあっても、わたしの味方をしてくれる？」

「当たり前じゃないか」

和翔は苦笑した。

「逆に、俺のことを敵だと思ったことがあるのかよ？　味方をしてくれないと思ったことが……」

潮音は首を横に振った。

「だろ？　だったら心配するな」

「さっきの写真の人、誰?」

「知らないなら誰だっていい」

潮音は押し黙った。ちょっときつい言い方をしてしまったが、急に写真のことを言われて和翔も動揺してしまったのだ。

「なんでそんな話を……」

「犯人でしょ?」

和翔は歩くのをやめた。潮音も立ちどまる。行く手には店舗の看板がちらほら見えたが、そこはまだ城南信用金庫(じょうなんしんようきんこ)本店の巨大なビルの前だった。山手通りにクルマの往来はあっても、ビルの灯(あか)りが消えているので歩道は暗く、静まり返っていた。深夜に差しかかっているので、通行人の姿もない。通りの向こうにあるオフィスビルやマンションも、気絶しているかのように沈黙している。

和翔は夜闇に眼を凝(こ)らして潮音を見た。パーカーのフードを被っているので、顔の上半分が隠れている。

「なにが言いたい?」

「犯人だったら、バレたかなって……」

「バレた?」

「だって……レイプされた人が、犯人の顔を見てもノーリアクションなんて、あり得ないじゃない？」

潮音の声は可哀相なくらい震えていた。だが、なにを考えているかわからない。眼をのぞきこめない。表情を読むことができない。

「わたし、レイプなんかされてない……」

「なんだって？」

和翔は息を呑んだ。

「じゃあ……その顔は……誰に……」

「……お兄ちゃん」

潮音の頰(ほお)に、ゆっくりと涙が伝い落ちていった。

## 7

なんとか終電に乗りこんだものの、最後の最後、目的地まであと三駅というところで乗っていた電車が車庫行きになるというアナウンスが入った。乗換案内を見間違えたらしい。致命的なミスだった。

閑散とした駅を出ると、ロータリーに一台だけタクシーが停まっていた。スルーして歩きだした。痕跡(こんせき)を残すわけにはいかなかった。

駅前を離れると一気に街灯が少なくなり、足元も覚束(おぼつか)ないほど闇が深くなった。ビルのない空は高く、星が瞬(またた)いたりしていたが、なんだがブラックホールに吸いこまれていくようで、本能的な恐怖を覚えた。それでもスマホの地図を頼りに、黙々と歩きつづけるしかない。

悪夢のようだった。三駅といっても田舎の三駅だから、渋谷から五反田までとはわけが違う。三時間近く歩きつづけた。息も絶えだえでワンボックスカーの運転席に乗りこみ、そこからさらに三十分。

廃工場に辿(たど)りついたのは午前四時に近かった。

クルマを降りると、風が冷たかった。冷たい夜風になぶられる頬は、けれども熱く火照(ほて)っていた。歩きつづけたせいで汗もかいていたが、歩きつづけたせいだけで体が熱いわけではなかった。昂ぶる感情が、全身を燃えあがらせていた。轟々(ごうごう)と燃えあがる音まで聞こえてきそうだった。

スマホを懐中電灯がわりにして、雑草を掻き分け、踏みしめる。廃工場に入っていくと、コンクリートの箱の中に基生が立っていた。暖をとるためだろう、灯油缶で焚火(たきび)をしている。炎が揺れると、ふたりの影も揺れた。床では全裸の桑井が、体を丸めてガタガタ震えている。ひと目で心神喪失状態だとわかった。絶望的な気分がこみあげてくる。

「遅かったね。腹減りすぎて吐きそうだよ」

焚火の炎に照らされて、基生の顔はオレンジ色に染まっていた。ニヤリと笑うと、妙に脂じみて見えた。それが不快で、和翔は灯油缶を蹴飛ばした。ガンッ、と音をたてて灯油缶は吹っ飛び、燃える木々が火花をあげながらあたりに散らばった。

基生の顔色が変わる。一瞬驚いたようだったが、すぐに察したらしい。

「仲良く飯食う気分じゃないみたいだね？」

「食いもんなんて買ってきてねえよ」

「あっちへ行こう」

基生は落ち着き払っていた。和翔はうなずき、ふたりで移動した。隣にも似たような空間があったが、焚火がないので真っ暗だった。基生が懐中電灯をつける。つけては消し、消してはつける。照らしているのは自分の顔だ。子供じみた態度だったが、眼はすっかり据わっていた。

「潮音が白状したぞ」

和翔は言った。

「なんだってこんなことをした？　桑井はレイプなんかしてねえだろ？」

「してるじゃない」

　基生は笑った。

「かっちゃんがいるときから、あいつはそう言ってただろう？　あれからもっと素直になったよ。被害者は二十人どころか三十人を超える。動画を撮って脅した女や、堕胎を強要した女まで複数いるらしい。とんでもないレイプ魔だよ。野放しにされてたのが不思議なくらいだ」

「潮音は被害者じゃねえだろ？」

　基生は眼を泳がせた。

「それはそうだね。それについては謝る……ごめん」

「ごめんですむわけねえだろが」

和翔は気色ばんで基生に近づいた。手が届く距離で拳を固めた。

「ちゃんと理由を話せ。事と次第によっちゃあ……」

「話すさ、もちろん……すべてはみんなのためさ」

「みんな？　レイプ魔を退治して正義のヒーローにでもなりたかったのか？」

「そうじゃない。俺とかっちゃんと潮音のためだ」

和翔は首をかしげた。意味がわからなかった。

「いまの生活から脱けだしたいんだよ……」

基生は急に哀しげな眼つきになり、長い溜息をつくように言った。

「いつまでもうだつの上がらない底辺の売人なんかやってられないんだ。潮音はなんとか大学に押しこめたけど、おかげで俺たちは貯めこんだ金を全部吐きだしちまった。もちろん後悔なんかしてないし、かっちゃんにも感謝してる。でっかい借りができたと思ってる。だからこそ、一緒にヤマを踏んだんだ」

「ヤマ？」

和翔はますますわけがわからなくなった。

「俺たちがいまやってることの、いったいどこがヤマなんだ？」

「ヤマだよ。金になる。言ったろ？　桑井の親父は有名な政治評論家なんだよ。テレビなんかにも出てて、日本人の劣化は眼に余るとかわけわかんない能書き垂れてやがる。そんな野郎の息子がレイプ魔だったなんて世間に知れたら、どうなると思う？　とんでもないスキャンダルだよね？　なにがあっても表には出せない。金で解決しようとする。どれくらいの額が適当だと思う？　三十人からの被害者が、いっせいに被害届を出したとする。和解金がひとり一千万だとして、全部で三億だ。おまけにバッシングの嵐で評論家の看板は泥まみれ。収入が途絶える。自宅の豪邸も嫌がらせの落書きとかされて、引っ越さなきゃならないかもしれない。それを回避するために、桑井の親父はいくら払うかね？　一億や二億は軽く払うんじゃね？」

「億の金を引っぱる交渉を、俺とおまえでするのか？　そこらのおっさん脅すのとわけが違うぞ。相手は警察にも顔が利くんだろ？」

「誘拐ビジネスさ」

言い放った基生の顔は、自信に満ちていた。

「海外じゃ、富裕層の家族をさらって金に換えるなんて当たり前だぜ。紛争地のテロリストとかね。反体制武装勢力が観光客やジャーナリストを拉致して、外国の政府相手に身代金交渉……カッコいいよなあ」

「テメエ、頭わいてんのか？　いつからテロリストになったんだ」

「もちろん、ここは日本だからやり方が違う。でも、金持ちから金をいただくって意味じゃ似たようなもんさ。日本の富裕層はボケてるから、リスク管理がなってない。とくに子供のワルサには眼をつぶっちゃう。見て見ぬふりをしている間に、クソガキがとんでもねえモンスターになってたりする。桑井みたいにね。その弱みにつけこんで、ガンガン金を引っぱりゃいいんだよ。相手の弱みにつけこんでなにが悪い？　それこそ連中のやり方だろ？　貧乏人は馬鹿だと思ってやりたい放題やりやがって。こっちだって好きで馬鹿になったわけじゃない。いまの世の中、金持ちはどんどん金持ちになって、貧乏人はずーっと貧乏、馬鹿の子供は馬鹿のままってシステムなんだ。それをつくったのだって富裕層だからね。だいたい、桑井がワルサしてんのは事実じゃない？　レイプされた被害者が三十人以上いるんだ。そんな野郎とっちめてなにが悪いのさ？　かっちゃんの台詞じゃねえけど、俺たちは正義のヒーローかもしれないよ」

「誰に入れ知恵された？」

和翔は声を低く絞った。

「おまえひとりで考えた絵図じゃねえだろ、誘拐ビジネスなんて」

基生は深呼吸をするように、大きく息を吸い、吐いた。

「鎧塚(よろいづか)さんて人がいる」

「なにもんだ？」

「三十代でいくつも会社を経営しているやり手の実業家なんだけど、裏の世界にもかなり通じてる。まあ、半グレだね。昔は相当やんちゃだったみたいだし」

「そいつの絵図か？」

「まあそうなんだけど、実際に桑井の情報を流してくれたりしたのは、もっと下の人だ。

足のつかないクルマを手配して、この場所も教えてくれた」

なるほど――と和翔は胸底でつぶやいた。道理で手際がよかったわけだ。半グレ組織がケツにいたなら納得できる。

「鎧塚さんって、とにかく頭がキレる人らしい。表の世界でもそれなりに成功してるからキレるに決まってるんだけど、それだけじゃないみたいなんだ。世の中全体を憎んでいるというか、呪っているというか、内側に溜めこんだ怒りのエネルギーがえげつないんだってさ。たぶん、俺らと一緒なんじゃないかな。俺らみたいな育ち方をしたっていうか……一度だけ、西麻布のバーで挨拶させてもらったんだけど、カッコいいんだ。仕立てのいいスーツ着て、何百万もしそうな時計はめて、靴なんかもピカピカなんだけど、すげえ冷めた眼をしててさ。あんなところにいるのは、コークのラインの長さ競ってるノータリンか、女のことばっかり考えてるド変態か、金の亡者みたいな気持ちの悪い連中ばっかりなんだけど、そういうこと全部、馬鹿にしているような眼をしてるんだよ、鎧塚さんは。でも、生きていくのに金が必要なことは骨の髄まで身にしみてるって感じで……」

「だったらテメエは、そいつの手下にでもなりゃいいよ」

和翔は吐き捨てるように言った。

「俺はおりる。おまえとはこれっきりだ」

「ちょっと待ってよ……」

基生は泣き笑いのような顔になった。

「なんでそうなるわけ？　俺はかっちゃんと潮音と三人で……」

「そういう絵図があるならあるで、先に言やあいいじゃねえか。黙ってたのが気にくわねえ」

「先に言ったら反対しただろ？」

「当たり前だ」

「だから言わなかったんだ。でも、後からなら……成功したって実績ができれば、かっちゃんだって話に乗ってくれるって信じてた。考えてみてよ。拉致したときはドキドキもんだったけど、結果的にたいして危ない橋は渡ってない。痛めつけた相手だって、善良な市民でもなんでもないレイプ魔だ。パクられる心配なんてない。悪事がめくれて困るのは向こうなんだから、死にもの狂いでなかったことにしようとする。レイプしたことも、拉致監禁されたことも……」

「そんなに金が欲しかったのか？」

和翔はわざと、憐れんだような眼つきで言ったが、

「ああ、欲しい」

基生は悪びれもせずにうなずいた。

「生きていくには金がいる。金持ちはクソ野郎ばっかりだが、金がないのはもっとクソだ……」

和翔は言葉を返せなかった。生きていくには金がいる——たしかにそうだ。それも生きるのにカツカツの金ではなく、少しくらいの余裕は欲しい。だから和翔も、大西さんが仕事を譲ってくれるという話に小躍りした、それはそうなのだが、何億もの大金まで必要だろうか？

和翔の望みはそこまで大それたものではなかった。潮音が大学に受かったとき、心の底から嬉しかった。あれほど嬉しかったことはいままで生きてきて一度もなかったし、これからもないだろう。それでいい。充分だ。

基生は和翔より欲深いが、根底では同じだろうと思っていた。似たもの同士だからつるんでいた。潮音から志望校に合格したという連絡が入ったとき、基生は目頭を押さえてトイレに駆けこんだ。泣いているのだろうと思った。和翔にとっても潮音はかけがえのない宝物であり、誇りでもあったが、血の繋がっている基生の思いは、それ以上なのかもしれないと胸が熱くなった。

なのに基生は、潮音を殴った。レイプ被害者を演じさせるために、一週間経っても青タンが消えないくらい、顔面を殴りつけたのだ。

## 8

鳥のさえずる声が聞こえてきた。

和翔と基生がいる部屋には窓がなかった。外に出てみると、白々と夜が明けていた。雑草を揺らす風が吹き、和翔は身震いした。怒りによる体の熱さは、すでに失われていた。あれほど煮えたぎっていた感情が凍えるような虚しさへと姿を変え、疲労感だけがどっと押し寄せてきている。

寒さに尿意を催し、雑草に向かって立ち小便をした。基生も隣にやってきて、地面に向かって放物線を描く。

「もうすぐ鎧塚さんたちが来る。交渉事は、あの人に一任するつもりだ。桑井のガラも預ける」

「勝手にしろ」

和翔は小便を切りながら鼻で笑った。他にもいろいろと気にくわないことはあるが、半グレ組織の実行部隊にされた不快感は相当なものだった。組織の下っ端になって、いいことなんか一度もなかった。

「鎧塚さんの立ち位置は、あくまで善意の第三者だ。身内をレイプされて怒り狂った不良が桑井をさらい、殺す寸前で鎧塚さんが間に入った。昔の仲間から偶然話を聞いたとかなんとか言ってね……で、桑井のガラを渡して恩を売っておいてから、切り札を切る。善意の第三者としては、レイプ被害者にも救いの手を差しのべなきゃならないってね。やつが白状した動画は鎧塚さんに送ってあるから、交渉のテーブルにつく前に被害者に会って、裏もとるだろう。桑井の親父はグウの音も出ない」

「マジで何億も引っぱれるのかね？」

「たぶん、現金で引っぱるんじゃないと思う。表の会社を通じて、事業とか不動産なんかに投資させるんだ。桑井の親父としては、最悪な展開だな。いっそのこと一億とか現金で払ってそれで終わりにしてほしいって思うはずだよ。半グレと投資がらみで繋がったりしたら、二度と逃れられない」

「ケツの穴の毛まで毟（むし）りとられるだろうな」

「かっちゃんその言い方好きだけど、下品だからやめたほうがいいよ」

「うるせえ」

クルマの音が聞こえてきた。和翔と基生は念のため雑草の陰に隠れた。年季の入った地（じ）

味なミニバンが二台——黒塗りの高級セダンを乗りつけてこない程度には、警戒心があるらしい。

ミニバンからスーツ姿の男たちが降りてきた。四、五人いた。「大丈夫だ」と基生は言い、雑草の陰から出ていった。和翔も続く。

「お疲れさまです」

基生が頭をさげ、和翔も倣う。スーツの男たちは適当にうなずきながら、廃工場に入っていった。最後にクルマから降りてきた男が、基生の前で立ちどまった。内ポケットから黒革の長財布を出し、一万円札を抜いて基生に渡した。

「ご苦労だったな。飯でも食えや」

冷めた眼つきで言い残すと、廃工場に入っていった。

「あざーす」

基生はもらった一万円札を高々と掲げ、男の背中に向かって頭をさげると、

「いまのが鎧塚さんだよ」

和翔に耳打ちしてきた。言われなくてもわかった。年かさの男もガタイのいい男もいたけれど、ひとりだけ貫禄が全然違った。冷めた眼つきの奥に、暴力の匂いが嗅ぎとれた。かといって、ジャージを着て煙草をふかしているやくざ者とはまるで違う。スマートとい

うかエレガントというか、身だしなみや態度が上品で、金の匂いもまた強烈に漂ってきた。

和翔と基生はワンボックスカーで廃工場を離れた。

鎧塚の下の人間に指示を受け、最寄りの駅の近くではなく、田舎道を一時間ほど走らせてからクルマを放置した。

電車に揺られると、ふたりともあっという間に眠りに落ちた。緊張状態から解放されたせいもあるし、ゆうべは一睡（いっすい）もしていない。心も体も疲れきっていた。基生がどんな夢を見ていたのか知らないが、和翔が見たのは悪夢だった。

綾瀬にいた。かの物騒な街にも、目黒川に負けず劣らず汚い綾瀬川というのが流れている。底の見えない汚濁（おだく）に、死体が浮いていた。新倉の惨殺死体だ。顔が変わるほど殴られて、体中に無数の刺し傷。

実際、眼にしたわけではない。襲撃グループは上の人間が半殺しにしたらしいが、新倉についてはその後どうなったのか杳（よう）として知れない。消されたんだろう、ともっぱらの噂だった。疑う者はいなかった。組織を売るような真似をした人間の末路は、敵対組織の実行犯よりも悲惨なのである。

五反田に着いたのは正午前。和翔はネットカフェに行って別の夢を見るつもりだったが、基生が離してくれなかった。

「腹減ってるだろ？　うち行って飯食おう」

「なんで縁切ったやつの家で飯なんか食わなきゃなんねえ」

和翔は基生を許していなかった。鎧塚に渡された一万円を折半(せっぱん)する意図だろう、基生は五千円札を一枚渡してこようとしたが、断固(だんこ)として受けとらなかった。

「遠慮すんなって、これで牛丼でも買って帰ろうぜ」

「いや、俺はネカフェで寝る」

「冷たいこと言わないでくれって。騙(だま)したのは悪かったけど、全部うまくいったじゃないか」

「半グレのパシリは黙ってろ」

「そりゃないよ、かっちゃん。俺らはパシリなんかじゃない。俺らだけで桑井をさらえたし、きっちり悪事も白状させた。鎧塚さんだって評価してくれてるよ。桑井の親父をカタに嵌(は)めたらきっと、一千万とか二千万の分け前をもらえるって……」

「億引っぱって、一千万か二千万かよ。しみったれてんな」

「日給一、二万の売人がよく言うぜ」

路上で物騒な口論をしているのが嫌になり、和翔は渋々基生の家に行くことにした。潮音のことが気がかりでもあった。ゆうべの涙の意味が知りたかった。

あの涙は……。

嘘をついたことへの罪悪感が流させたのか？

それとも、ボンクラな兄貴に協力してしまったことを後悔しているのか？

いずれにしろ、潮音はこの計画の全貌を知っているわけではないだろう。基生がどんなふうに妹を騙し、顔面を殴ることを受け入れさせたのか、知っておくことには意味がある気がした。本人を前にしていれば、基生だって嘘はつけまい。

もちろん、聞くにたえない話をされた場合、基生とは本気で縁を切る。絶対に許さない。潮音には学費の援助を続けるが、兄貴とは金輪際おさらばだ。

9

基生の家に向かう途中、吉野家で牛丼弁当を買った。

ゆうべは涙を流している潮音に頼むことができなかったので、今度手ぶらで行ったら敏子が怒り狂うに違いなかった。半ば義務感で立ち寄ったのだが、店内に漂っている牛丼の匂いを嗅ぐとすさまじい空腹感がこみあげてきて、和翔も基生も並盛りを二個ずつ頼んでしまった。敏子にも二個、潮音には一個で、計七個。

居間には誰もいなかった。相変わらずテレビがつけっぱなしだった。訳知り顔のお笑い芸人が世相を斬る声がやかましかったが、敏子の部屋から聞こえてくるいびきの音はそれを凌駕しそうだった。

「お茶淹れるわ」

基生が台所に行き、和翔は腰をおろす前に潮音の部屋に向かった。

「おい、飯買ってきたぞ」

襖越しに声をかけたが、反応はなかった。そのうち出てくるだろうとコタツに座り、袋から牛丼弁当を一個取りだす。腹がぐうぐう鳴っていて、基生を待てなかった。考えてみれば、昨日の朝からろくに食べていない。自分で思っている以上に緊張していたのだろう、食欲なんてまるでわかなかった。

あれが昨日のことなんて……。

すでに遠い昔の出来事のようで、思いだそうとすると眩暈がした。自分たちはたしかに、のぼせあがった大学生を拉致監禁し、拷問して悪事をすべて吐かせたのだ。拷問による手柄は九割方基生のものだろうが、和翔はその間、五反田に戻り、売人の仕事もこなしている。

まあ、いい。まずは飯だ。腹が満たされれば、騙し討ちをした糞たれのことも、少しはやさしい眼で見てやれるかもしれない。

牛丼弁当一個につき三個しかもらえない紅生姜の小さなパックが、今日は六個あった。敏子も紅生姜をこよなく愛しているが、和翔もそうだった。紅生姜がつけあわせてある食べ物が好きなのだ。牛丼はもちろん、ソース焼きそば、とんこつラーメン、冷やし中華。甘口のカレーとも相性がいい。

六個の紅生姜を、最初の一杯に全部載せた。店で食べるときは茶色い牛肉が見えなくなるほど赤くする。そこまではいかないが、けっこうな量だ。紅生姜の上から七味唐辛子をたっぷりとかけ、醬油をひとまわしして力スタマイズ完了。

「ほい、お茶」

基生が湯気のたつマグカップを持ってきた。和翔は眼もくれず牛丼に食らいついた。ガツガツ食べた。シャキシャキした紅生姜と甘辛い牛肉、さらにごはんが融合して、呼吸をするのも面倒になるくらい旨かった。あっという間に一杯目を食べおえ、もうひとつの蓋も取る。

「俺のぶんもあげる」

基生が紅生姜のパックを六個、目の前に置いた。顔を見ると、卑屈に笑っていた。和翔は笑みを返さず、六個のパックを黙々と破り、牛丼を赤く染めていく。一杯目と同じカスタマイズをして、再び夢中でむさぼりだす。

潮音がやってきた。彼女は昔、恥ずかしがってなかなか和翔の前でものを食べなかった。いまはもう慣れた。黙って袋から牛丼弁当を出し、割り箸を割って頰張る。左眼の青タンが気になるものの、ハムスターのようにもぐもぐと口を動かしている様子が可愛い。

基生も食べている。三人が無言のまま牛丼をかきこみ、咀嚼し、呑みこむ。しゃべっているのはテレビの中のお笑い芸人だけ——悪くない感じだった。こういう感じは、ここに来ないと味わえない。店で食べたほうが牛丼は熱々だし、紅生姜だって載せ放題なのに、ここで食うほうがずっと旨い。

「とにかく勘弁してくれよ、かっちゃん」

牛丼を食べおえると、基生は背中を丸めて言った。

「騙したのは悪かった、この通り謝るから、縁を切るとか言わないでくれ。これからも一緒にやっていこう」

誘拐ビジネスをか？　という言葉を和翔は呑みこんだ。潮音がいたからだ。彼女にはシャブで稼いでいることも言っていない。人様に褒められないことで稼いでいることは薄々勘づいているだろうが、具体的なことはなにひとつ教えていない。

「おまえ、なんて言ってこいつに殴られたんだ？」

潮音に訊ねた。言葉は返ってこなかった。顔もあげない。弁当箱の底に残った米粒を、箸の先で追いかけまわしている。

「なあ、潮音。もうなんもかんも正直に話せ。ただ協力しろって言われただけか？」

「そいつは全部知ってるよ」

基生が言った。

「全部？　まさか今回の計画をか？」

「それもそうだし、普段の仕事も……ちょっとブツ預かってもらったりもするし」

「おめえはいったい、なにを考えてんだ？」

和翔は唖然とした。裏の仕事というのは、知っていることが大いなるリスクになるのだ。パクられようが拷問されようが、知らないことはしゃべれない。そんなことは基本中の基本ではないか。

いや、それより……。

そもそも潮音を大学に行かせようしたのは、なんのためだったのか？　和翔と基生には、潮音だけは裏の世界に染めないでおこうという共通認識があったはずだ。知りあった当時、彼女は中学校を卒業する少し前で、卒業したら働きに出ることになっていた。中卒の学歴でできる仕事など限られている。つまらない単純労働を毎日延々と強いられ、ちょっとした刺激を求めているうちに、悪い男につかまるのがお決まりのコースだ。もっと儲かる仕事があると水商売や風俗への道筋をつけられるか、孕まされたうえに逃げられてシングルマザーで夜にデビューか……。

和翔はそういう女たちをたくさん見てきた。そもそも母親がそうだった。敏子だって似たようなものだろう。潮音だけはそういうふうにしたくなくて、大学に入学させたのではなかったのか?

「潮音はかっちゃんが思ってるほど馬鹿じゃない」

基生が言った。

「かっちゃんはちょっと、こいつをあなどりすぎている。一緒に暮らしていて仕事を隠すなんて……なに笑ってる?」

「ハッ、これが笑わずにいられるかよ。俺は自分に絶望したね。テメエみたいな馬鹿を親友だと思っていた自分が本気で嫌になった。俺はおまえを信用していたよ、心の底からな。それが蓋を開けてみりゃあ、半グレとつるんで騙しやがるわ、潮音に薄汚え話を吹きこむわ、やってることが滅茶苦茶じゃねえか」

「わたしがそそのかしました」

潮音が言った。和翔は驚いて二度見してしまった。

「そそのかした？　なにを？」

「誘拐ビジネス」

「はっ？」

「いつまでも底辺の売人なんてやってないで、どうせ危ない橋を渡るならもっと大きく稼げばいいじゃないって」

「……嘘だろ？」

「嘘じゃない。わたしがそそのかしたから、お兄ちゃんはいろいろ動いて半グレにコネクションができて……お兄ちゃんから今度の計画を聞いたとき、本気で殴ってって言ったのもわたし。お兄ちゃんは服を汚すくらいでいいって言ったけど、そんなんじゃ和翔くんがレイプされたって信じてくれないって……」

和翔は放心状態に陥っていた。脳味噌が崩壊しそうだった。いま目の前にいる女は、本当に自分がよく知っている潮音なのだろうか？

思わず基生を見てしまった。喧嘩中の男に助けなど求めたくなかったが、なにか言ってほしい。

「大学が合わないらしいんだ……」

　溜息まじりに基生は言った。

「どうしても馴染めないんだって……」

「馴染めないって、まだ入学して二カ月じゃねえか」

「二カ月もあればわかるよ……」

　潮音が哀しげに笑う。

「みんなわたしとは全然違うお嬢さまばっかりだもん。友達になるどころか、話がまったく合わないの。居心地が悪すぎて……窒息しそう」

「おいおい……」

　和翔は泣き笑いのような顔になった。

「そりゃあおまえの入った大学はお嬢さま学校だよ。そういうところを俺たちが選んだんだから。まわりがお嬢さまばっかりなのは当たり前じゃね？」

「俺もそう思ってた」

　基生が口を挟んだ。

「でも、いまはこいつの気持ちが少しわかるよ。K大に行ったからだ。かっちゃん、あんな環境にひとりで放りこまれて平気か？　俺だったら耐えられない。誰も彼も人を見下した眼つきして……ヤリサーの馬鹿どもだけじゃないぜ。キャンパスや学食にいた連中だってそうさ」

「ふざけんな！」

和翔は基生を睨みつけた。潮音もだ。

「兄妹揃ってなに甘えたこと言ってんだ。居心地が悪いのがなんだっていうんだよ。見下された眼で見られたくらいで、本当に窒息するわけねえだろ。我慢しろ。忍耐力をつちかえ。たった二カ月で弱音を吐くやつがあるか。一年も耐えてりゃ、潮音だってお嬢さまっぽく染まってくるって……」

背後で物音がし、振り返った。敏子が襖を開け、巨体を左右に揺らしながら出てきた。ドスンと音をたてて巨大な尻を落とす。

「また牛丼かよう？」

うんざりした顔で言った。しまった、と和翔は内心で舌打ちした。ゆうべ、潮音はきちんと牛丼弁当を買って帰ったのだ。いくら好物とはいえ、連続すると敏子の機嫌は悪くなる。わかっていれば、Ｈｏｔｔｏ Ｍｏｔｔｏののり弁か、ＣｏＣｏ壱のカレーにしたのに……。

それでも、敏子が牛丼弁当を取りだして蓋を開けたので、和翔はホッとした。早く食べて部屋に戻ってほしかった。考えが甘すぎた。

「和翔くんよう、こういうのなんて言うんだよう？　なんとかのひとつ覚えって言うんじゃないかよう？」

割り箸で牛肉をつまみ、和翔に向かって投げてきた。和翔は避けられなかった。Gジャンの肩に着地し、甘辛い匂いが鼻先まで届いた。

「モザイクかけて言ったけどよう、馬鹿のひとつ覚えだよ。オレには牛丼与えておけばいいって見くびってんのかよう？　どうなんだよう？」

次々に牛肉が投げられる。和翔が着ている白いTシャツに茶色いシミがついても、おかまいなしだ。

「だいたいなんだよう、あんたたち三人、いつもオレを見下した眼で見てよう……」

基生や潮音にも牛肉を投げた。

「見下してなんてないですよ」

和翔は言ったが、

「うるせえっ！」

と怒鳴られた。

「あんたたちが余計なことしたおかげでよう、オレがどんな仕打ち受けたのかわかってんのかよう。潮音が大学なんかに入ったおかげで、生活保護の受給額が五万円も減額されちゃったんだよう」

和翔と基生は眼を見合わせた。潮音が大学に入らずに働きに出ても、生活保護は減額、もしくは打ち切りにされる。だが、敏子の懐は痛まない。潮音の収入を横取りできるからだ。それでは潮音が可哀相だし、未来も暗いものとなる。和翔と基生が何度も説明し、納得してもらったはずなのに……。

「五万円だよう、五万円、五万円、五万円……補塡（ほてん）してもらわなくちゃよう、オレもやってられないんだわ……」

牛肉をすべて投げおえると、つゆの染みた白飯を眺めてゲラゲラ笑いだした。

「なにこれ？　なにこれ？　お肉がなくなるとこんなんなってるのかよう。真っ平らだよう、真っ平らだよう……」

ゲラゲラ、ゲラゲラ、と白飯を指差して笑う。指を突っこんで掻き混ぜる。潮音が口を押さえて嗚咽をもらしはじめた。しゃくりあげているその髪には、敏子の投げた牛肉がふたつばかり引っかかっている。華奢（きゃしゃ）な双肩にも、控えめな胸のふくらみにも……。

「ねえ、和翔くん……」

涙を指で拭い、声を震わせながら言った。

「無理だと思わない？　わたしには無理に決まってるよ。お嬢さまになんて……染まれない……」

両手で顔を覆い、わっと泣きだす。敏子はゲラゲラ笑いつづけている。笑いながら体を揺するので、スエットがずりあがって突きでた腹が露わになった。ラードのように生っ白い肉がぶよぶよと上下している。見てはいけないものを見てしまったようないたたまれない気持ちになり、和翔は眼をそらした。

どう考えても、敏子の様子は普通ではなかった。完全に壊れていた。初めて会ったころは、こんな感じではなかった。ここまで病的に太ってなかったし、食べ物を投げつけてきたこともない。五、六年前に心の病で働けなくなったらしいが、和翔にはただの無愛想なおばさんに見えた。ここへきて悪化しはじめたのか？　あるいは、この兄妹はもっと前から気づいていたのか？　救わなければならないのは、潮音ひとりではない……。

なるほど。

基生が大金を欲しがっている理由を、少しは理解できた。敏子をしかるべき病院なり、施設なりに入れたいのだ。

潮音だって同じ思いに違いない。母親を心配しつつも、一緒にいると自分の出自を思い知らされ、やりきれない気分になるのだろう。お嬢さま大学のキャンパスはきっと、世間の中でもとびきりまぶしい光の集合体に違いない。そこにいる女子たちは、誰もが大切に育てられ、ピカピカに磨きあげられている。潮音は大学から家に帰ってくるたびに、打ちのめされる。なまじ光の部分を見てしまったばかりに、自分の生きている環境が途轍もなく暗い闇に感じられる。

実際、暗い。つゆがかかっただけの白飯を手づかみで食べはじめた敏子を見ていると、和翔だって落ちこんでくる。心配もするが、嫌な気分にもなる。ずっと一緒にいて、正気を保てる自信はない。怒鳴ってしまうかもしれないし、物にあたってしまうかもしれない。そうなると、家の中は一気に荒れ果てる。

窒息しそうな環境で四年間耐え忍び、その先にあるという不確かな未来に胸を躍らせるより、いますぐこの生活をなんとかしたい――潮音がそう思ったとしても、責められない気がした。

# 第三章　転落

1

季節が変わった。

梅雨に入り、鬱陶しい雨降りの日が続いていた。

和翔は梅雨が大嫌いだった。雨降りなんて好きな人のほうが珍しいだろうから、より強い表現として、憎悪していると言ってもいい。

継父のせいだ。建築現場で働いていたその男は、雨が降ると仕事が休みになり、朝から酒を飲みはじめる。梅雨はそういう日が何日も続き、鬱々と気持ちが倦んでくる。ストレスが和翔に向けられる。難癖をつけられ、小突きまわされる。そのうち、本気の暴力が始まる。母がとめに入ると、母にも手をあげる。修羅場の始まりだ。怒号が飛びかい、酒瓶が割れ、壁に穴が空く。

そのころから、梅雨にはろくな思い出がない。

しかし、今年の梅雨は、正真正銘、最悪だった。想像もつかなかった災難が、次から次に襲いかかってきた。

まず、大西さんが消えた。有楽街(ゆうらくがい)の路地裏にあるマンションは、呼び鈴を押しても扉が開かなくなった。電話もメールも通じない。見捨てられたことはすぐに理解できたが、受け入れることは簡単ではなかった。

裏の世界で生きるようになって、もっともリスクが少なく安定して稼(かせ)げる仕事だった。「日給一、二万がよく言うよ」と基生には鼻で笑われたが、それだって月にすれば三十万はくだらず、五十万を超えることだってあるのだ。表の仕事だって、二十歳でそれほど稼げる者はなかなかいないだろう。

仕事を引き継げるかもしれないという期待があっただけに、なおさらショックは大きかった。大西さんはたぶん、和翔を試したのだ。仕事を引き継がせる話をして、浮き足立たないかどうか見定めようとした。和翔が普通ではなかったのは浮き足立っていたからではなく、廃工場に残してきた基生と桑井のことが気になっていたからだが、大西さんにとっては同じことだったろう。こいつは危ない、と落第(らくだい)の烙印(らくいん)を押されてしまったのである。

数日間、放心状態だった。

五反田駅周辺のパチンコ屋やサウナをまわっても、知っている客の姿は見当たらなかった。ただのひとりもだ。つまり、大西さんは引退して南国に行ったわけではなく、取引の場所を変えたのだ。数年前、蒲田から五反田に移ってきたように、テリトリーをどこかに移した。四千万もの人間が蠢く首都圏には、風俗狂のシャブの売人がこっそり棲息できる場所なんて、いくらだってある。

お手上げだった。大西さんの残影を未練たらしく追いかけているより、次の仕事を探さなくてはならなかったが、気力がわいてこなかった。雨降りの外を嫌い、ネットカフェにこもって延々とゲームをしていた。ほとんどネトゲ廃人だった。新しい仕事を探そうにも、この二年間平穏に過ごしてきたせいで、やばい筋との繋がりが脆弱になってしまっている。裏稼業の人間は、連絡先を頻繁に変える。

「ったく、あの野郎」

すべては基生のせいだと思うと、はらわたが煮えくりかえってしかたがなかった。大西さんが消えたことを伝えると、

「だから、また一緒にでかいヤマ踏もうぜ」

猫撫で声で言ってきた。

「シャブなんかちまちまさばいているより、誘拐ビジネスでドカンと一発あてたほうが絶

対おいしいって。ふたりで伝説の人さらいになろう。鎧塚さんもいまごろ、次のターゲットを探してるだろうしさ」

基生が大金を欲しがる気持ちもわからなくはない。しかし、あまりにもタイミングが悪すぎた。うまく大西さんの仕事を引き継ぐことができれば、ふたりで中卸ができたかもしれないのである。半グレのパシリになどならなくても、それなりにまとまった金を手にすることができたかもしれないのに……。

潮音から電話がかかってきたのは、大西さんが姿を消してから、ひと月後くらいのことだった。七月も後半に差しかかっているのに、雨はまだしつこく降りつづいていた。

「ちょっとうちまで来てもらえない？」

「どうかしたのか？」

敏子になにか異変があったのかもしれない、と思った。彼女と最後に会ったのは、牛丼の肉を投げつけられたときだ。あの病み方は見ていられなかった。入院できなくても通院させることはできないのか、と基生に言った。もはや通院では手に負えないと医者に匙を投げられているうえ、敏子が行きたがらないらしい。しかも、保険のきくレベルの病院に入院しても三カ月程度で退院させられてしまうから、入退院を繰り返すうちにかえって悪化するケースもあるという。私立の施設に長い期間預かってもらうのが理想なのだが、それにはやはり、先立つものが必要だ。

なんとかしてやりたいという思いが、和翔にもあった。十三歳で家出したとき、和翔は産みの母を捨てた。捨てなければならない事情があったので後悔はしていないが、母親という存在に対して複雑な感情を抱えている。似たような環境で育ってきたはずなのに、家を出ないで母親の面倒を見ている基生は偉いと思う。少なくとも自分よりは……。

しかし、予想は見事に裏切られた。潮音の口から飛びだしたのは、和翔が考えてもいなかったことだった。

「お兄ちゃんが……大ケガして……」

「なんだと？」

「ケガもひどいんだけど、それより精神的にすごい落ちこんでいるっていうか……わたしの部屋を占領して、もう一週間も出てこない……」

「すぐ行く」

和翔は電話を切り、ネカフェから出た。時刻は午後九時を過ぎたところ。普通なら、基生はシノギをしている時間帯だ。

いったいなにがあったのだろう？　潮音の口ぶりでは、単なる事故や喧嘩ではないようだが……。

ビニール傘を叩く雨粒に呪いの言葉をかけながら、基生の家に急いだ。

呼び鈴を押すと、潮音が扉を開けてくれた。左眼の青タンはもうすっかりよくなっていたが、顔色はあまりよくなかった。

「これ……」

と弁当の入った袋を渡す。今日は文句をつけられないように、吉野家の牛丼の他、Ｈｏｔｔｏ Ｍｏｔｔｏののり弁も買ってきた。ＣｏＣｏ壱のカレーも敏子の好物だが、カレーを投げつけられてはたまらないのでやめておいた。

「あとでみんなで食おう」

「いつもごめんなさい」

申し訳なさそうに弁当を受けとった潮音に続き、部屋にあがっていく。居間には誰もおらず、珍しくテレビまで消えていた。敏子の部屋からいびきも聞こえてこない。静かすぎて気持ちが悪いくらいだ。

「やつはおまえの部屋？」

訊ねると、潮音はコクンとうなずいた。彼女の部屋は、もともと基生と共同で使っていたらしい。しかし、彼女に受験勉強をさせるようになってから、基生は居間のコタツで寝るようになったと言っていた。

声もかけずに、襖を開けた。布団がこんもりと小山をつくっていた。寝息は聞こえなかった。つまり、起きている。まかせろ、と和翔は潮音に目配せしてから、襖を閉めた。

「よう、ケガしたんだって？」

部屋の様子を眺めながら、畳の上にあぐらをかいた。赤茶けた畳、ベージュのカーテン、参考書が並んだ本棚……女の子らしさの乏しい、飾り気のない部屋だった。和翔と基生が共同出資して買ってやった、洒落た白い勉強机だけが妙に浮いている。

「天罰だな、天罰。人を騙したりするからバチがあたったんだ」

「……だな」

消え入りそうな声で、基生は言った。起きあがろうとしない。後頭部がこちらに向いている。白い包帯に血がにじんでいる。

「なんだって？　聞こえなかったから、もう一回言ってくれ」

「かっちゃんの言う通りかもしれない……」

「ずいぶん弱気じゃねえか。伝説の人さらいになって、ボロ儲けするんじゃなかったのか？」

基生がゆっくりとこちらを向いた。人相がすっかり変わっていたので、和翔は一瞬、声が出なかった。顔全体が青黒く腫れあがり、片眼には眼帯、それをしていないほうの眼もほとんどふさがっている。頰、鼻、唇、あちこちにかさぶたができて血が固まり、よく見ると前歯も折れているようだった。

「……喧嘩か？」

直感的に、違うと思った。殴りあいの喧嘩で、ここまでひどくはやられない。一方的にボコられたのだ。

「眼は大丈夫なのかよ？」

「いや、失明」

言葉を返せなかった。

「根性焼きで潰されたんだ」

「……嘘だろ？」

眼球に煙草の火を押しつけられたというのだろうか？　ボコるにしても、それはあきらかにやりすぎだろう。

「俺は悔しいよ、かっちゃん。俺が馬鹿だったんだが……それにしたって……」

基生が声を震わせる。腫れてふさがった片方の眼に、涙がにじんでいる。まるで象が泣いているみたいだ。

「誰にやられた？」

「鎧塚の下のやつ……」

半グレのボスを、呼び捨てにした。廃工場のときは、崇拝でもしているかのような口ぶりだったのに……。

「いつになったら分け前をくれるんだって訊いたんだ。桑井と親父がその後どうなったのかにも興味があったしね……それはうまくいったらしい。『鎧塚さんが下手打つわけねえだろ』って即答だった。きっちりカタに嵌めたんだ。でも、分け前についてはトボけられた。『この前もらってたじゃねえか』なんて……飯代って渡された一万円のことだって、すぐには気づかなかったよ。そりゃないでしょう、って食ってかかった。あれだけの立ちまわりして、たった一万ぽっちの報酬なんてあり得ない。冗談はよしてくれって……」

むせび泣くような声になり、涙もとまらなくなる。和翔はティッシュの箱から何枚か抜き、渡してやった。

「で、そのザマか」

「生意気な口を利くんじゃねえって寄ってたかってボコボコにされて、二度と逆らえないようにしてやるって片眼潰されて、おまけに……ヤク引いてる卸にも圧力かけられた。供給源を絶たれたらさばけねえ。かっちゃんと同じ失業者だ……」

和翔は天を仰ぎたくなった。どうせそんなオチだろうと思っていたと言ったら、基生に悪いだろうか？　基生は鎧塚という男を本気で信じていたのだ。拉致監禁、そして拷問をした報酬として、千万単位の金を渡してもらえると……。

しかし、組織の末端で働くというのは、そういうことなのである。いちばん体を張り、いちばん血を流した人間が、いちばん馬鹿を見る。下手を打ったらトカゲの尻尾切り、上手くいっても報酬なんて気分次第。もしくは最初から払う気なんてない。使う側にとっては天国だが、使われるほうにとっては地獄のような搾取がまかり通る。

それにしても……。

鎧塚のやり方は、さすがにひどすぎる。実行部隊をやらせておいて、報酬を求めたら眼を潰されるなんてあり得ない。

こちらは極道の部屋住みではないのだ。一千万、二千万とは言わない。桑井の親父から億を引っぱるつもりなら、せめて百万、ふたりで二百万くらいは渡されて当然だろう。それだってずいぶんとディスカウントしている。しかも、ここまで凄惨なリンチを加えるなんて人間のすることではない。

「……なんだ？」

視線を感じて振り返ると、潮音が襖を少し開けてのぞいていた。眉間に皺を寄せた険しい表情で部屋に入ってきた。

「お兄ちゃん、そんな目に遭わされて黙ってるの?」

なにを言いだすんだ、と和翔は驚いたが、

「和翔くんもそう……」

潮音は険しい表情をこちらにも向けてきた。

「危ない橋を渡らされて、報酬が一万円なんかでいいわけ? わたしだって大金がもらえると思ったから、お兄ちゃんに顔を殴らせたんですけど」

「おまえはあっち行ってろ」

和翔が言っても、潮音は部屋を出ていかなった。逆に襖を閉め、基生の枕元に正座した。

居間のテレビがついていないので、耳が痛くなりそうなくらい静かだった。おかげで、潮音から音が聞こえてきそうだった。背筋を伸ばし、唇を引き結んで正座しているだけなのに、なにかが燃えているような音が……。

「ねえ、お兄ちゃん。わたしを失望させないで。こうなったら、今度は自分たちだけで誘拐ビジネスやればいいじゃない?」

「ふざけたこと言ってんじゃねえよ」

和翔は呆れた顔をしたが、

「……なるほど」

基生は「痛てて」と言いながら体を起こした。

「もうやり方はわかったから、第二、第三の桑井を探せばいいわけか」

「おまえまでなに言いだす」

和翔は苦笑まじりの溜息をついた。

「桑井みたいに都合のいいターゲットが、そう簡単に見つかるもんか。親が金持ちで、息子がボンクラ……そこまではいるだろうけど、桑井はマジでやばいレイプ魔だったし、親父は本気でそれを揉み消さなくちゃならなかった」

「探す前から白旗あげんなよ。探してみなきゃわかんないじゃん」

「もし見つかったとしても、交渉はどうする？　誘拐ってのは身代金を取るのがいちばんやっかいなんだぜ。その点、半グレはさすがに練れてる。現金一億をバッグに詰めて持ってこいなんて、間抜けなことは言わなかった。俺たちは相手を追いこみたくても、表の会社もなけりゃあ、投資させる事業や不動産もない。そもそも組織じゃないんだから……」

「現金一億をバッグに詰めて持ってこいでいいじゃない？　弱みをきっちりつかんでおけば……」

「警察に通報されたらおしまいなんだよ。おまわりに取引現場を囲まれたら、もうどうしようもねえじゃねえか。札の番号だって控えられてるだろうから、奇跡的に受け取りに成功しても、金を洗わなきゃならない。おまえ、マネーロンダリングなんてできんのか？」

「できないけど……」

「鎧塚って野郎が頭いいのは、間に入って交渉人のふりをしてるってことだ。桑井のやってることは表沙汰になったら絶対にやばいネタだし、親父はそこいらの一般人より何百倍も世間体を気にしなけりゃなんねえ人間だった。そういうの秤にかけさせながら、うまいことカタに嵌めていったんだろうよ。息子のワルサがたいしたことなくて、親父も覚悟のあるやつだったら、ソッコーで警察に通報されて終わりさ」

「うーん、たしかに……」

基生が唸る。

「ターゲットが桑井くらいの悪党で、親父が世間に名の知れた金持ちじゃないと、この手は使えないか……」

「そういうこと。どこにでも転がってるネタじゃねえ」

あれから和翔も、誘拐ビジネスについて多少は調べた。海外でそれが成立しているのは、反政府的な武装勢力だったりマフィアだったりギャングだったりが、名前を聞いただけで震えあがるような凄惨な暴力を常日頃から振るっているからなのである。そして、世界中に闇のネットワークを張り巡らせている。イスラム圏のテロリストグループ、ヨーロッパのマフィア、南米の麻薬カルテル――スケールがでかすぎて、真似できるような話ではない。

「そんなことないと思う」

潮音が言った。

「おまえは黙ってろ」

和翔は本気で睨みつけた。

「あっちへ行ってろって言ったよな？　いつからそんなに聞き分けがなくなった？　おまえが首突っこむような話じゃねえんだ」

さすがに潮音は怯んだが、

「ちょっと待って、かっちゃん」

基生が口を挟んだ。

「潮音、いまなにを言いかけた？」

潮音は気まずそうな顔をしつつも、小声で言葉を継いだ。

「だから、桑井よりも悪いやつで、桑井よりもお金もってそうな人なら、いるんじゃないかなあって……」

「誰だ？」

「鎧塚」

和翔と基生は眼を見合わせた。

## 2

悪党から金を奪うという図式は理にかなっている。悪事で貯めこんだ金を奪われたところで、被害届なんて出せるわけがないからだ。

だから、表沙汰にならない水面下で、悪党同士はいつだって金を奪いあっている。シャブで潤っているという噂を耳にした連中が、武装してアジトを襲撃してくる。オレオレ詐欺の事務所でも、盗品が積みあげられた泥棒の倉庫でも、実は警察なんかに踏みこまれるより、不良のマトにかけられることのほうがずっと多い。

桑井が金になったのも、同じ理屈だ。向こうに悪事がめくれると困る事情があったから、うまくいったのである。

それにしても半グレのボスか……。

「一丁やってやるか」

　ふさがったまぶたの奥で、基生が片眼を輝かせた。

「言われてみればその通りだ。ピンハネされた金を取り返すだけなんだから、悪いことでもなんでもない」

　眼帯の下にある潰された片眼が憐れだったが、和翔は冷めた口調で言い返さなければならなかった。

「どうやって？」

「拷問すればいいじゃない。なにもかも吐かせてやる。見ものだな。気取り倒した鎧塚の野郎が、泣きを入れるところを見てみたいよ。十時間でも二十時間でも正座させて、わんわん泣きわめくところをさ……」

　基生の口調が熱くなっていく。うまくない展開だった。復讐心に火がついてしまい、興奮しはじめている。

「やくざがケツもってたらどうする？」

「もってないって。あの人は、昔ながらのやくざ者とか大嫌いなんだ」

「そういうふうに見せかけて裏で繋がってるなんて話は、いくらだってあるぜ」

「じゃあ、実際どうする？」

基生が声音をあらためた。

「ふたりして仕事もなくて、金もない。なんかやんなきゃ干上がっちまうよ。とりあえず鎧塚の動きを洗ってみないか。ほころびが見つかるかもしれない。弱みっていうか、狙いどころっていうか……」

和翔は黙して考えた。たしかに仕事もなければ金もない。あとひと月もぶらぶらしていたら、ネトゲ廃人すら続けていられなくなるだろう。

鎧塚本人をマトにかけるかどうかはともかく、周辺を洗えばやばいネタのひとつやふたつは出てきそうだった。しかし、それが本当に金になるのか？　そもそも半グレなんかと敵対して大丈夫なのか？

向こうは組織で、こちらはふたり。嗅ぎまわっていることに勘づかれれば、凄惨なリンチが待っている。下手に大きなネタをつかんだりしたら、いや、そうと誤解されただけで、消されるかもしれない。

潮音が立ちあがった。勉強机の引き出しからなにかを取りだし、畳の上に置いた。貯金通帳だった。

「お金がないならこれ使って」

和翔と基生は眼を見合わせた。その通帳には、潮音の学費を貯めてある。額は百万を超えているだろう。もっとも、九月には後期の授業料を納めなければならない。諸経費込みで六十万弱……。

「わたし、大学にはもう行かない」

「おいおい……」

和翔は困惑顔で溜息をついた。ひと月前もそんなことを言っていて、なんとかなだめたのだ。

「だって悔しいもの……」

潮音は涙眼で見つめてきた。

「誘拐までした報酬が一万円ぽっちってどういうこと？　そのうえ眼まで潰されて……お兄ちゃんの左眼、もう一生見えないんだよ。黙って泣き寝入りなんてどうかしてる。わたしは鎧塚って男を……殺してやりたい」

「物騒（ぶっそう）なこと言うなって……」

和翔は力なく首を振った。潮音の悔しさはもちろんわかる。和翔だって親友が片眼を潰されて悔しくないわけではなかったが、そんな話に熱くなっていないで、潮音には大学に行ってほしいのだ。

それをあっさり、もう行かないなんて――虚（むな）しさが心に風穴を空け、冷たい風が吹き抜けていく。

　三年以上頑張って、彼女を大学に入れた意味はなんだったのだろう？　お嬢さま学校に馴染めないという話はわからないではない。自分のような出自の女がお嬢さまになんてなれっこない、と悩む気持ちも理解できる。

　しかし、いくらなんでも諦めるのが早すぎる。だいたい、潮音は大学を辞めてなにをしようとしているのか？

　どうしても挑戦してみたい仕事でもできたならともかく、彼女は誘拐ビジネスを焚きつけているのである。半グレ相手に一戦交えろと、無謀なことまで口にしている。

　冗談ではなかった。

　白い羊の中に黒い羊がいれば厄介者、という歌があったが、潮音はもともと白い羊ではなかったのか？　劣悪な家庭環境によって黒く染まりかけていただけで、本当は誰よりも白いはずなのに……。

　和翔は鎧塚のことを調べはじめた。

　本気で半グレと事を構える気なんかなかった。放っておくと血迷った馬鹿兄妹が暴走しそうだったので、しかたなくだ。相手の弱みをつかむためというより、むしろふたりを諦めさせる材料が欲しかった。敵の巨大さ、あるいは無双ぶりに戦意を失ってくれればいいと思った。

とはいえ、生半可なことをやっていては、こちらの身が危ない。鎧塚とは一度会っている。尾行にあたっては、きっちり変装した。野暮ったかった長い髪を短く刈りこみ、量販店で紺のスーツと革靴を買い求めた。黒縁の伊達メガネまでかけて、新人サラリーマンを装った。

それでも、和翔は尾行のプロでもなんでもない。クルマもない。鎧塚は運転手付きのクルマで都内を移動していたから、タクシーで追いかけなければならなかった。タイミングよくつかまらないこともあれば、見つかる予感がして降りられないこともあり、うまく尾行できたのは五回に一回くらいだった。

二週間後、基生の家で作戦会議を開いた。

敏子が異様な鬱状態で、牛丼弁当を渡しても無言で首を横に振るだけだったのが気がかりだった。基生の顔の腫れはずいぶんとマシになってきていたが、もちろん眼帯はとれていなかった。体が痛むのか、あるいは精神的に立ち直れないのか、まだ潮音の部屋を占領しているらしい。

となると、潮音は居間で寝ているはずで、その点に関しては同情したけれど、やさしい言葉はかけてやれなかった。基生と話を始めようとしても、当然のような顔をして部屋に居座ったからだ。

和翔は軽く睨みつけた。演技だった。彼女にはむしろ、話を聞かせたかった。聞けば諦めることになるだろうからだ。

「鎧塚のメインの仕事は、経営コンサルタントらしい。西新宿のオフィスビルに会社がある。表の会社だから、ホームページもある。代表取締役、鎧塚貴一郎って名前も載ってる。あとは近所のマンションにもう一個事務所らしきものがあった。雑居ビルみたいなすげえ古いマンションで、オートロックとかもない。でもさすがに中までついていけないから、部屋番号は特定できなかった。郵便受けをチェックしてみたら、相当胡散くさいところだった。ナントカ宇宙研究所とか、ナントカ亜細亜貿易とか、エロ系のエステなんかも入ってる。まあ、悪だくみに使ってることは間違いなさそうだったが……」

基生と潮音はおとなしく聞いている。

「でまあ、夜はたいてい六本木だ。早い時間は人と会って寿司とか食って、そっちの店は毎晩バラバラなんだけど、深い時間に〈リナリア〉ってキャバクラに入るのを三回見た。お気に入りなのかもしれない」

「それ聞いたことがある」

基生が言った。

「すげえ高えとこだろ。モデルの卵とかいる。俺をボコッたやつが、鎧塚に連れてってもらったって自慢してたよ」

「ネットで調べたら、座っただけで五万円だとよ。その後、男同士で連れだって、西麻布の会員制バーに行くのも二回見た。テメエがコークさばいてたようなとこな」

「自宅は？」

「そんなこんなで半月かかって、ようやくさっき特定できた。渋谷の高級マンションだ。道玄坂の上にある。ちなみに、有名な政治評論家を脅してるくらいだから、警戒心はかなりのもんだ。夜の街を飲み歩くときは、手下が二、三人ボディガードみたいにくっついてるし、運転手もガタイがよくて、格闘技とかやってるっぽい。こいつはほぼ一日中、鎧塚に張りついてる」

「やったな、かっちゃん。けっこうな成果だ」

基生は鼻の穴をふくらませたが、

「それは嫌味なのか？」

和翔は呆れたように首を振った。

「二週間張りついて、わかったのがたったこれだけなんだよ。しかも、西新宿の会社の話はおまえから聞いてたし、ネットで検索したってすぐに引っかかる。〈リナリア〉って店にしても、おまえ知ってたんだろう？　新情報はほぼなし。要するに、俺みたいなド素人が一年かけて尾行したって、尻尾なんてつかめねえってこった」

潮音が訊ねてきたので、和翔は苦々しく顔を歪めた。

「尻尾ってなに？」

「いやね、俺はおまえとこんな話をしたくないんだ、本当は。でもまあ、しかたがないから答えるけどさ。たとえば会食した相手がやくざもんだったりしたら、キナくさい匂いが漂ってくるじゃねえか。逆に政治家の秘書とかどっかの大企業の幹部でもいいよ。でもな、鎧塚がたとえそういうあやしい人物と会っていたとしても、俺には裏がとれない。写真の隠し撮りすら怖くてしてない。いい加減、探偵ごっこも飽きてきた……」

和翔は伊達メガネを取り、基生に向かって投げた。首を振りながらネクタイをゆるめ、シャツの第一ボタンをはずした。

「かっちゃんは難しく考えすぎなんだよ……」

基生が諭すように言った。

「自宅を特定できただけでも、俺にはすげえ成果に思えるぜ。自宅の前で待ち伏せして、さらっちゃえばいいじゃないの。富士の樹海でも連れてって、涙が涸れるまで後悔させてやればいい。俺らを使い捨てにしたことを……」

「乗らねえな」

「なんで？」

「強引すぎるんだよ。だいいち、ガタイのいい運転手はどうする？　桑井のときみたいに簡単にはいかねえぜ。運良くそれをクリアできて、鎧塚を拷問したとしてもだな、なんでもいいからおまえの働いた悪事を吐けって言って、吐くかね？　ちょっとは尻尾をつかんでないと……」

「かっちゃんは拷問をナメてる」

　基生は言った。

「この世に拷問に耐えられる人間はいない。しらばっくれるのは無理だ」

「いや、だからな、こっちにある程度の情報がねえと、なにを吐けばいいのか向こうだってわけがわかんなくなっちまうんじゃねえか、って言いたいんだよ。十時間、二十時間正座させて、もう殺してくれってとこまで追いこんだら、ほとんど発狂寸前の錯乱状態だよ。思考回路がぶっ壊れて、金ならいくらでも払うから助けてくれと泣き叫ぶだけだ。桑井がそうだったんだろ？　鎧塚だって裏で貯めこんだ金を一億でも二億でも払うかもしれないけど、でもそれじゃあダメなんだ」

「なんで？」

「あとが怖いじゃねえか。相当な弱みを握（にぎ）ってないと、今度はこっちがマトにかけられる。これがバレたら確実に死刑とか、会社が潰れて社員とその家族が全員路頭に迷うとか、それくらいのネタをつかんでないと、危なくてしょうがねえ」

「ガラかわせばいい」

「無理だ。わかってんだろ？」

和翔は静かに言った。基生は言葉を返せずに押し黙った。敏子がいては、高飛びなんてできないからだ。潮音もいる。大学を辞めると言っているが、和翔としてはなんとか説得して復帰させたい。

部屋の空気がにわかにしらけたものとなり、

「一家揃ってタイにでも移住しますかねえ」

基生が自嘲（じちょう）気味に笑った。

「タイにだって精神病院くらいあんだろ。そうだ、潮音。おまえ向こうの大学に留学しろよ。意外にいいかもしれないぞ、これからはタイ語も……」

絵空事（えそらごと）だった。基生もわかっていて言っている。敏子が海外での逃亡生活に耐えられるわけがない。いまの状態では、観光旅行だって無理だろう。

だいたい、和翔にしてから海外に身柄をかわすならパスポートが必要なのである。住所不定だから簡単にはとれない。下手をすれば偽造を手に入れたほうが早いかもしれない。それはそれで手間もかかれば金もかかり、リスクもある。

「やっぱ無理か、半グレをとっちめるのは……」

基生が寝転んで天井を見上げた。

「ハッ、そう思ってくれるんなら、俺の二週間も無駄じゃなかったぜ」

和翔は表情をゆるめた。

「もちろん、金が必要なのはわかってる。誘拐ビジネスなんてリスキーなことは忘れて、地道に稼ごう。仕事探しとくから、おまえはゆっくり静養しとけ」

「へーい」

基生はふて腐れていたが、和翔の意見を呑んでくれたようだった。あとは妹だ。潮音はがっくりとうなだれて、唇を嚙みしめていた。こっちはこっちで、諦めてくれたように見えたが……。

# 3

その夏、和翔は珍しく肉体労働をして過ごした。

引っ越し屋のバイトだ。途切れる寸前だったやばい筋とのコネクションを懸命に辿り、コツコツとアップデートしながら、早朝八時から夕方五時まで働いた。

生きていくために金が必要だったこともあるが、なんとなくまともなことがしたかったのだ。真夏の太陽の下で体を動かし、汗をかいて稼ぎたかった。自分でも苦笑がもれてしまうような心境の変化だった。

十五、六歳のころ、浅草のゲストハウスで知りあったバックパッカーがその手のバイトに詳しく、道路にガードレールを埋めこむ現場についていったことがある。現場監督の横柄な態度にうんざりし、三日で辞めた。まともに働くのはそれ以来だった。

コンビニでただでもらえる求人情報誌をパラパラ見ていると、履歴書のいらないバイトという欄があり、ホントかよと思いながら電話をした。会社まで行ってみるとあっさり採用になったので、深く考えずに働きはじめた。

作業そのものは簡単だった。壁や床を傷つけないように、家具や荷物を運べばいいだけだ。チームプレイだって難なくこなせた。意外に楽しいと思ってしまったくらいで、俺も大人になったものだと思った。日給も日払いで九千円以上あったし、これなら裏の仕事に戻らなくてもいいのではないか、という考えが頭をかすめた。

　しかし、ランチタイムがつらかった。チームはたいてい四人で、温厚な三十代のリーダーと夏休み中の大学生がふたり、そして和翔という組み合わせが多かった。和翔と大学生は昼休みになるとコンビニに行って食糧を調達したが、リーダーは奥さんがつくった弁当を持ってきていた。お花畑のようにカラフルで、おにぎりが可愛い黒猫の顔になっていたりして、最初に見たときは本当にびっくりした。

「きついっすねー」

　大学生たちが苦笑し、

「そうか？　俺は気に入ってるんだけどね」

　リーダーが朗らかに答える。

「子供がもうすぐ幼稚園だから、うちのやつ、俺の弁当で練習してるんだ」

「娘さんですか？」

「いや、息子」

「じゃあ、キャラ弁は幼稚園までにしたほうがいいですよ。俺、小六まで毎日のようにジブリ祭りで、マジ恥ずかしかったですから」

「俺なんて姉ちゃんいたから、プリキュラだぜ」

「そりゃやばい。やばすぎ」

大学生たちはゲラゲラと腹をかかえ、リーダーも楽しげに笑っていた。和翔も同調して笑みを浮かべたが、まったく意味がわかっていなかった。キャラ弁を知らなかったのだ。ジブリは知っていたが、映画を観たことはなかった。プリキュラに至っては、外国の特殊な食べものかと思った。

同世代にもかかわらず、大学生たちと話がまったく合わなかった。とくに子供のころのアルアル話についていけない。食べ物でもテレビ番組でもテーマパークでも、和翔には知らないことが多すぎた。大学生たちに同意を求められるとキョドッてしまい、そのうち話しかけられなくなった。

潮音の気持ちが少しわかった。なかなかの疎外感だった。二週間頑張ってみたが、それが限界だった。工事現場のバイトに移った。そこは外国人ばかりだったので余計な口を利かずにすんだ。楽ではあったが、そんな境遇に少し傷ついた。潮音のことも傷つけてしまったかもしれないと思うと、胸が痛んだ。

裏社会の人間がしゃべっていることといえば、どこに行けばトバシのケータイが買えるだの、盗難車の偽装ナンバーのつけ方だの、いま高く売れる盗品はなにかだの、誰かがパクられただの、あの野郎は平気で仲間を売るから気をつけたほうがいいだの、有益ではあるがまともな人間の前で口にできることではなかった。

もちろん、潮音はそこまで裏社会に染まっているわけではない。和翔や基生と違い、高校だってきちんと卒業している。

それでも、お嬢さまたちが放つキラキラした光の中に居場所はないだろう。家に帰ってくれば、母は正気を失って暴れ、兄はシャブの売人――現実を思い知らされる。お嬢さまたちとの落差に愕然とする。逃げだしたくなっても当然、とまでは言いたくないが、もう少しうまくフォローしてやればよかった。どうすればうまくフォローできるのか、皆目見当がつかなかったが……。

いまは夏休みだけれど、九月になったら潮音は大学に行ってくれるだろうか？　行ってほしいと思う。桑井の件があって以来の彼女は、危うい感じしかしない。それでも、和翔は希望を捨ててはいなかった。

潮音は馬鹿ではない。彼女だってわかっているはずだ。たとえいまがつらくても、四年間我慢して大学を卒業したほうが、明るい未来が待っていると……。

それに、和翔や基生に比べれば、潮音はそれほど悲惨な人生を歩んでいないはずだった。少なくとも、実の兄貴とその親友という絶対的な味方がいる。和翔や基生にはいなかった。絶対的な味方なんて、ひとりも……。

九月の半ばを過ぎても、日中の気温が三十度を超えることが多かった。外に立っているだけで汗がダラダラ流れる猛暑が、永遠に続くかと思った。続くなら続けばいいと思った。地球温暖化でもなんでもいいから、こんな馬鹿ばっかりが棲息している星なんて滅亡してしまえばいい。

そんな悪態をつく日々から、ようやく脱出できそうだった。

ひと月以上地道に努力を重ねてきたので、徐々にではあるが、やばい筋とのコネクションが回復しつつあった。北関東を根城にしているシャブの卸と繋がることができそうだった。客なら基生がもっている。たいした数ではないだろうが、ふたりで細々と売人を再開することはできそうだ。

潮音のことも気になるので久しぶりに顔を見にいこうと思っていたら、向こうからＬＩＮＥがきた。

——今夜空いてる？

——ちょどおまえんちに行こうと思ってたとこ。

――じゃあ九時ごろ来て。

――みやげは牛丼で大丈夫か？

――どうだろう。かあちゃん最近、あんま部屋から出てこないんだ。

約束の時間に、基生の家に向かった。もちろん、途中で吉野家に寄った。五反田にやってくるのは久しぶりだった。バイトの現場が八王子なので、最近はそちらで寝泊まりしていた。

なんだか懐かしかった。駅前の喧噪も、そのくせ妙に澱んだ空気も、寝静まったオフィスビルや高速道路が醸しだす殺伐とした光景も、悪臭が漂ってきそうな目黒川さえ、見れば心にさざ波が立った。ここで生まれ育ったわけでもないのに……。

呼び鈴を鳴らすと、基生が扉を開けてくれた。青黒く腫れていた顔は、すっかりよくなっていた。それでも、左眼には白い眼帯。神妙な表情で、唇の前に人差し指を立てる。

「どうかしたのか？」

和翔は声をひそめて訊ねた。

「いや……かあちゃん起こすと面倒くさいから」

「そうか……」

牛丼弁当の入った袋を渡した。並盛りがふたつ。敏子のぶんだけで、自分たちのぶんはない。久しぶりなので、潮音も誘って三人で焼肉でも食べにいきたい。もちろん奢る。まっとうに稼いだ金で、懐は温かい。

居間には誰の姿もなく、テレビも消えていた。さすがにコタツの布団ははずされていたが、それが妙に寒々しく見えた。クーラーなんてついていないから、入ってきただけで汗ばむほど暑いのに……。

基生が潮音の部屋の襖を開けた。潮音は不在のようだった。ふたりで畳にあぐらをかいた。基生がそわそわしている。

「大学ってもう始まってるんだろう？　あいつ、ちゃんと行ってるのか？」

和翔の問いに、基生は答えなかった。気まずげに眼を泳がせた。

「実は……」

蚊の鳴くような声で言った。

「キャバクラで働いている」

「はあっ？」

和翔は思わず大声を出してしまった。誤魔化すために苦笑した。

「悪かった。くだらねえ冗談に引っかかっちまった」

敏子を起こさないように小声で言う。

「冗談じゃ、ないんだ」

「じゃあなんだ？　まさかテメエ、実の妹をキャバクラなんかで働かせて、小遣いせしめてるわけじゃねえだろうな？」

「馬鹿言うな」

「じゃあなんであいつがキャバクラなんかで……」

「本人が自分の口で説明したいらしい」

「テメエが言え、いますぐ」

「潮音と約束したから言えない」

和翔は呆れた顔で首を振った。

「なんなんだよ、こんなときだけ結託して。言っとくけどな、おまえと潮音が俺をはじくとろくな結末が待ってねえぜ。前科がある」

「わかってる」

基生が険しい表情でうなずく。

「あいつに話を聞いたあと、あらためて話そう。それでいいだろ」

覚悟を決めたような険しい眼つきに、和翔は胸騒ぎを覚えた。嫌な予感しかしなかった。基生が立ちあがり、潮音の勉強机の引き出しから、封筒を取りだした。銀行の名前が印刷された封筒だ。

「これ、潮音から……」

封筒の中身を、和翔はのぞいた。金が入っていた。一万札が十枚ほど……。

「その金で、働いている店に飲みにきてくれって」

「ずいぶん高い店なんだな。牛丼並盛りが何杯食える？」

冗談めいた口調で言っても、基生は笑わなかった。むしろ、表情が険しくなっていくばかりだった。和翔の中で、嫌な予感がますます強まっていく。それに耐えられず、ハッと笑った。

「おまえいつか言ってたな。女は綺麗な格好すると見せびらかしたくなるってよ。キャバクラなんだからエロいドレスとか着てるんだろう？　胸元が開いてたり、体のラインが丸わかりだったり……そういうの俺に見てほしいのかね？　潮音も立派な大人になりましたって……」

言いながら、和翔は泣き笑いのような顔になっていった。ただそれだけの理由なら、どれだけいいだろう。ちょっと照れくさいが、大人びた装いをしている潮音をまじまじと眺め、賞賛の言葉を並べたっていい。

だが、基生がくだんの台詞を口にしたのは、兄妹で和翔を騙したときだった。和翔が銀座のデパートで買ってきた白いワンピースをズタズタにして、レイプに遭ったと嘘をついた。兄妹結託の前科一犯。

「潮音が待ってる。行ってくれ……」

基生が言い、

「なんて店だ?」

和翔は真顔に戻って立ちあがった。

「六本木の〈リナリア〉」

息を呑んだ。

「本当は俺も一緒に行きたいんだけど、すげえ高いらしいし……潮音が俺には来てほしくないみたいな顔してるし……」

「キャバクラくらい自分の金で行ける」

和翔は遮る（さえぎる）ように封筒を放り投げると、基生を一瞥（いちべつ）もしないで部屋を出た。六本木の〈リナリア〉——なんとなく、その名前が出てくるような気がしていた。

# 4

熱帯夜というほどではないが、蒸し暑い夜だった。

和翔はTシャツに短パン、足元は薄くなったビーチサンダルで、地下鉄の構内を歩くと、ペタンペタンと音がした。

六本木の高級キャバクラに行くのに、さすがにこの格好ではまずいと思った。コインロッカーからキャリーバッグを出し、トイレで着替えた。鎧塚を尾行するために買い求めたスーツと靴だ。白いワイシャツも着けたが、暑苦しいのでネクタイはしなかった。

地上に出てタクシーに乗った。五反田から六本木までは、桜田通りを北上すればあっという間だ。心を落ち着ける暇もなく、燃えあがる炎のような東京タワーが見えてくる。

六本木は和翔にとって敷居の高いところだった。鼻持ちならない成金(なりきん)の街、というイメージがある。ＩＴ企業でひと山あてた実業家、テレビ局で働く業界人、澄ました顔のモデルやタレント、そういう苦手な人種と遭遇しそうだ。外国人を含め、不良も多い。渋谷から六本木にかけては、都内でもっともドラッグが売買されているスポットのひとつだが、和翔は一度もさばいたことがない。

逆に基生は六本木や西麻布が大好きだ。

「俺は五反田のほうが好きだね。なんか落ち着く」

以前、和翔がそう言ったところ、眼を丸くして驚いていた。

「マジか？　嘘だろ？　五反田のパチ屋の便所でさばいてるより、六本木や西麻布のバーに行ったほうが全然よくね？　客の機嫌がいいと、すげえ高いシャンパン飲ませてくれたりするんだぜ」

富裕層に対する恨み節を口にしても、基生は富裕層に憧れているのだ。ブランドものの財布や時計、舌を嚙みそうな名前の高級酒、異様に車高の低いイタリア車、買えもしないくせにそういうものをやたらと知っている。べつに馬鹿にしているわけではない。和翔は自分に縁がないものだと思っているだけだ。

潮音はどうだろう？

やはり女だから、ブランドものの服を着たいと思っているのか？　キラキラしたアクセサリーをつけて、華やかな夜の街を闊歩してみたいと……。

〈リナリア〉の場所は覚えていた。タクシーを降りて向かった。細い道に黒塗りの高級セダンが行きかい、ボディガードじみた眼つきの男たちもうろうろしている。まだ店の外なのに、歩いている女はいかにも水商売ふうの派手なタイプばかり。この街には堅気の女なんてひとりもいないような感じだ。

店の前に黒服が立っていた。

「いらっしゃいませ。おひとり様ですか？」

黙ってうなずく。

「ご指名は？」

首を横に振る。店内に通された。シックな間接照明が灯った薄暗い空間に、金銀の装飾がチラチラと輝いている。スタイリッシュなモノトーンの景色に彩りを与えているのは、女たちだった。色とりどりのドレスで着飾り、成金をもてなすのに余念がない。想像以上に綺麗な女ばかりだ。

黒服に店の料金システムを説明されたが、どうだってよかった。酒の種類を訊ねられ、なんでもいいと答えた。ハウスボトルのウイスキーで、黒服が水割りをつくってくれた。ひと口飲み、すぐに自分で水を足した。もともと酒は好きじゃない。酔ったりしたら、場違いな緊張感に吐きそうだ。

女がやってきて隣に座った。潮音ではなかった。美人であることは間違いなかったが、なにを訊ねられても生返事しかできなかった。心臓が早鐘を打っていた。店に入った瞬間から、ずっと潮音を捜していた。キャバ嬢の格好をしているところなんて見たことがないのでなかなか見つからなかったが、眼を凝らして視線だけを動かしているうちに、とんでもないものを見つけてしまった。

鎧塚だ。

和翔の座っている席からは、かなり遠かった。それでも、反射的に手で顔を隠した。注意深く、様子をうかがった。よく見ると、隣に座っている銀色のドレスの女が潮音だった。ぴったりと身を寄せて、鎧塚の膝の上に手を置いている。

「すいません」

和翔はポケットから剝きだしの札を出した。

「急用を思いだした。いくらかな?」

この店で潮音と話すことなど、もうなにもなかった。なぜキャバクラなんかで働きはじめたのか、問いただすまでもない。

〈リナリア〉を出ると滅茶苦茶に歩いた。

何度も人にぶつかった。後ろから怒声が飛んできても振り返らなかった。繁華街を抜けて静かな住宅街に入った。早足で歩きつづけた。息が切れて、立ちどまった。ガードレールにもたれた。通行人はいなかった。こんなところにひとりで立っていると、シャブの売人に声をかけられそうだった。

潮音からＬＩＮＥがきた。

——十一時半には店をあがれます。一緒に帰りませんか？

時刻は午後十時だった。六本木で一時間半も時間を潰すのは骨が折れそうだったが、すぐに「了解」とレスをした。言われなくても、待っているつもりだった。思ったよりもあがりの時間が早かったくらいだ。

——ここで待ってて。カズキという名前で予約しておきます。

店のＵＲＬが貼りつけられていた。カズキというのは源氏名だろう。和翔と基生を足して二で割ったのだろうか？

たとえそうだとしても、嬉しくもなんともなかった。束の間視界に入っただけの、キャバクラで見た潮音の姿が頭から離れなかった。脳に傷でもつけられたように、頭の芯がズキズキと疼く。

それを振り払うように、夜道を再び歩きだした。スピードをあげると汗が噴きだしてきた。スーツの上着を脱いだ。完全に道に迷っていた。自分がどこにいるのかまったくわからなくなっていたが、立ちどまって地図を確認する気にはなれなかった。

潮音に指定された店は、裏通りのビルの五階にあるバーだった。

木製の重厚なドアを開けると、いかにも格式が高そうな飴色の空間がひろがっていた。磨きあげられたカウンターだけの店で、棚にずらりとウイスキーのボトルが並び、初老のバーテンダーが静かにグラスを磨いていた。

客はひとりもいなかった。これから混むのかもしれない。六本木のような盛り場では、午前零時前は宵の口だろう。

誰もいないカウンター席を眺めた和翔は、予約する必要なんてなかったじゃないか、と内心で苦笑した。それでも念のため、

「カズキの名前で予約があるんですが……」

と言ってみると、奥の個室に通された。ＶＩＰルームのようなものだろうか？　隠れ部屋のような狭い空間に、四人掛けのソファが押しこめられていた。ソファ自体には高級感があり、照明も凝っていて、雰囲気は悪くなかった。ただ、なんとも言えず淫靡な雰囲気が漂っている。狭い空間に不釣り合いなほど大きな白百合の花束が飾ってあり、その匂いが充満しているせいかもしれない。

約束の時間から五分遅れて、潮音が姿を現した。店で見たのと同じ、銀色のドレス姿だった。裾は長かったが、光沢のある生地が体にぴったりと張りついていた。肩も腕も胸元

もさらし、髪をアップにまとめているのでうなじまで見えている。

「着替えないのかよ？」

和翔は眼のやり場に困りながら言った。ドレスだけではなく、アクセサリーやネイルで、全身がやけにキラキラしている。

「それとも店に戻るのか？」

「ううん。タクシーですぐだから、着替えるの面倒なだけ」

潮音はためらう素振りも見せず、和翔の隣に腰をおろした。

「ここはキャバじゃねえ。あっちに座れ」

和翔は前の席を指差した。

「いいじゃない。正面から眼を見て話すの……怖いし」

和翔は顔をこわばらせた。眼を見て話せないほど怖い話を、潮音はこれからするつもりらしい。

扉がノックされ、バーテンダーが入ってきた。和翔の前にジンジャエールが、潮音の前にはよくわからないブルーのカクテルが置かれる。それを飲む前から、潮音の吐息にはアルコールの甘い匂いが混じっていた。

続いて、フードが運ばれてくる。見慣れないカラフルな生野菜が盛られた皿、薄っぺらいハム、チーズの盛り合わせ、スパゲティミートソース。

「予約したときオーダーしておいたの。お腹すいてたから……ここ、近くのイタリアンから出前とれるからフードおいしいんだ」

ごめんね、とばかりに潮音が両手を合わせせる。話をする前に、腹を満たしたいらしい。

こちらの出鼻を挫こうとしているとすぐに気づいたが、和翔は黙っていた。実際、空腹なのは潮音だけではなかった。料理の匂いを嗅いだら、腹が鳴った。たぶん、潮音にも聞こえただろう。

「これ知ってる？　バーニャカウダーっていうんだよ」

潮音が赤い野菜をフォークで刺し、灰色のソースをつけて食べる。

「野菜を切っただけじゃねえか」

「ソースがおいしいのよ。アンチョビ使ってて」

「興味ねえよ」

「こっちは生ハム」

「ハムくらい知ってらあ」

和翔はフォークで取って食べた。普通のハムではなかった。かたいうえに塩辛く、とても食べられたものではない。チーズもなんだかやばそうだったので、スパゲティを小皿に取って食べた。これはまずくなかった。味つけが妙に気取っていたが……。

「このミートソースはまあまあだな」

「ボロネーゼっていうの」

「はっ？　いちいちおかしな名前で呼ぶんじゃねえよ」

なんだかキャバクラ嬢としゃべっているようだった。和翔はキャバクラが嫌いだった。そこにいる女たちが、知らない料理の話ばかりするからだ。金持ちのジジイに奢られて、馬鹿高い料理屋に日参している。和翔とさして変わりのない境遇で育った同世代の女でも、和翔の百倍くらい舌が肥えている。

「いつからあの店で働いてるんだ？」

顔を見ないで訊ねた。

「三週間前」

「へええ……瘦せっぽちの中学生を大学生にするのに三年以上かかったが、立派なキャバ嬢になるには三週間か。あっという間だな」

潮音は涼しい顔で青いカクテルを飲んでいる。その姿がひどく様になっていたので、かえって苛立ちを誘う。

「調子こいて酒なんか飲みやがって」

和翔は吐き捨てるように言った。

「だいたい、おまえまだ未成年だろ」

「自分だって未成年のときから売人じゃない」

潮音が言い返してきたので面食らってしまった。

「ずいぶん生意気な口を利くようになったな。こっちは仕事だよ。生きていくためにしかたなくやってんだ」

「わたしもお仕事」

「嘘つけ」

睨みつけた。

「おまえ、キャバのギャラが欲しくて、あそこで働いてるわけじゃないだろ？」

潮音の横顔はほんのりと桜色に染まっていた。首が細くて綺麗だった。銀色のドレスが露わにしているボディラインは眼も眩むほど女らしく、酒など飲まなくても酔ってしまいそうだった。

この狭い空間がやけに淫靡に感じられた理由が、ようやくわかった。百合の花の匂いのせいではなかった。ここは男が女を口説く場所なのだ。口説くというより迫ると言ったほうがリアルか。たとえばキャバクラ嬢とアフターに訪れた客が、人目がないのをいいことに、酔った勢いで……。

「鎧塚の尻尾をつかまえた」

潮音が言った。

「正確には、尻尾の尻尾、かな」

「言ってみろよ」

和翔は捨て鉢に答えた。潮音は言葉を返さず、体ごとゆっくりとこちらを向くと、自分の顔を指差した。

「もう何度も同伴してる。アフターにも二回……たぶん、次に誘われたら……抱かれると思う」

ガシャンッと音をたてて、潮音のグラスが床で砕けた。和翔に殴られると思ったのだろう、身構えてグラスに肘をあててしまったのだ。殴りはしなかったが、和翔は鬼の形相をしていた。潮音は綺麗に化粧した顔を凍りつかせている。けっこう派手な音がしたのに、バーテンダーはやってこない。たいした店だった。セクハラにはもってこいだ。

「わたしも身を切るって言ってるのよ……和翔くんやお兄ちゃんだけじゃなくて、わたしも……」

「誰がそんなこと頼んだ?」

「自分で決めた。だって悔しいもの……」

　潮音が唇を震わせる。眼が歪んで、桜色の頬にひと筋の涙が伝う。

「いままでもずーっとそうだった。大人に奪われてばかりいた。親でも先生でも、上にいる人間はいつもそう。下にいるわたしたちのことなんて考えない。自分さえよければいいって……半グレまでそうだったのには驚いちゃったけどね。もうちょっと仲間を大切にする人たちかと思ったら、あんなふうに使い捨てにされて……」

　和翔は笑ってしまいそうになった。

　裏社会の人間こそ、弱者を徹底的に痛めつけ、搾りとれるだけ搾りとる存在であることを、潮音は知らないのだ。不良に対してロマンチックな思いを抱いているなら、愚かとしか言い様がない。

「だから、鎧塚だけは絶対に許さない。絶対に……」

「そんな男に抱かれてどうする？　やり捨てにされるだけだ」

「そんなことさせない……」

　嚙みつきそうな眼つきで睨んでくる。

「さっき和翔くん、言ったじゃない？　わたしまだ未成年なのよ。未成年の女の子とセックスして、おまけにシャブまで使ってたら……」

和翔は怒声をあげたい衝動を必死で抑えこんだ。潮音の口から「セックス」とか「シャブ」などという言葉が出てきただけで不快だった。しかし、怒りにまかせて怒鳴りつけても、相手が意固地になるだけだ。

「ハニートラップか？　よせよせ。政治家とか芸能人ならともかく、半グレ相手にそんなことしても意味ねえよ。警察に訴えたところで向こうにハクがつくだけだ。ションベン刑ですぐに出てくる」

「もちろん、それは最悪の場合。もっとでっかい尻尾をつかんでやる」

潮音の眼つきはもう、怯えているだけの野良猫のものではなかった。穏やかで愛らしい飼い猫でもなく、虎視眈々と獲物を狙う猛獣のようだった。

「……ふうっ」

和翔はソファにもたれ、天井を見上げた。小さなシャンデリアがやけにまばゆく輝いていた。六本木にはこの手の洒落た店がいっぱいあるのだろう。できることなら、ただの男と女として潮音と食事に来たかった。

どうしてこんなことになってしまったのだろう？

中三のころからずっと、彼女を見守ってきた。高校時代は、基生とふたりで運動会や文化祭にも足を運んだ。潮音はいつだって伏し目がちで、まわりに遠慮しているように見えた。そんな彼女を見守ることが、いつしか和翔の生き甲斐になっていた。次第に明るい笑顔を見せてくれるようになってくると、会うたびに胸がはずんでしようがなかった。

いつの日か——と考えなかったと言えば嘘になる。

基生が許してくれるなら、潮音に告白したかった。もちろん、裏の世界で生きている自分を、和翔自身が許せないかもしれない。潮音を不幸にするだけだと、ブレーキがかかるに違いない。それでも、いつの日か気持ちが抑えられなくなるのは眼に見えていた。それが大学を卒業したときなのか、もっと先になるのかはわからなかったが……。

「和翔くんは誰の味方？」

潮音がささやく。同時に手を握ってきたのでドキリとする。潮音の横顔はこわばっていた。猛獣の眼つきも急に翳って、勢いをなくしている。

「おまえの味方だよ。だから、馬鹿なこと考えるなって」

ガラではなかったが、手を握り返してやる。

「わたしだって怖いんだよ……」

潮音の手が小刻みに震えだした。顔をこちらに向けた。瞳に涙を浮かべていた。

「鎧塚の前で裸になるの、怖い……」

「だからそんなことは……」

「鎧塚に抱かれる前に、抱いてください」

和翔は息を呑んだ。潮音がうつむく。下を向いていても、顔が赤くなっているのがわかった。耳や首筋まで……けれども手を握る力は強くなっていくばかりで、必死さが伝わってきた。いったいなにに必死になっているのか？

残念ながら、愛ではなさそうだった。

猛獣の眼つきで復讐を訴えても、潮音は処女なのだ。セックスの経験がないのだ。銀のドレスにぴったりと包まれた細い体を見ればわかる。強く抱きしめたら折れてしまいそうだ。

贔屓目ではなく、潮音の容姿は人並み以上だろう。小顔で眼が大きく、色も白い。だが、〈リナリア〉では驚くほどいい女ばかりが、太客を求めて鎬を削っていた。ほんの少し店にいただけで圧倒された。顔やスタイルだけなら、潮音より上を行く女なんてたくさんいるに違いない。会話だって、キャバ嬢になって三週間の新人なんて足元にも及ばないくらい達者な女がいるはずだ。

だが、そんな中から鎧塚は潮音を選び、はべらせていた。何度も同伴し、アフターにも二回誘われたらしい。

不快感が悪寒となって、背筋を這いあがっていく。

鎧塚は嗅ぎつけたのである。潮音が漂わせている処女の匂いに反応したのだ。女に困っているとは思えないあの男が潮音にロックオンしている理由は、それ以外に考えられない。鎧塚は潮音の処女を狙っている。

しかし……。

だからといって、和翔は潮音を抱く気にはなれなかった。抱けば、彼女の思惑を肯定してしまうことになるからだ。そんなことは断じてできない。宝物のように大事にしている女に、体を使ったスパイのような真似をさせるわけにはいかない。

## 5

「運転手さん、ごめんなさい！　ここで停めて！」

高輪台駅を過ぎたあたりで、潮音は叫ぶように言った。タクシーが停まり、ドアが開く。ドア側にいた潮音は、さっさと降りてしまった。和翔はしかたなく、金を払って外に出た。

深夜になったせいか、蒸し暑さはだいぶ緩和され、風が心地よく吹いていた。

「なに考えてる？」

先を歩いている潮音の背中に、声をかけた。

「こんなところで降りたって、ラブホなんて行かねえぞ」

「そうじゃなくて、一度この道を歩いてみたかっただけ」

振り返った潮音は、悪戯(いたずら)っぽく笑った。

「毎晩、六本木からタクシーで帰ってくるでしょ？　ここの下り坂に来ると、ふわっと体が軽くなるの……」

高輪台から五反田駅に向かう桜田通りは、五〇〇メートルほどの下り勾配(こうばい)になっている。片道三車線と道幅が広いこともあり、クルマで下っていくとたしかに解放感がある。通行量の少ない深夜ならなおさらだ。

時刻は午前一時に近かった。道沿いに飲食店は少なく、あってもすでに閉店していた。静かだった。カツ、カツ、とハイヒールを鳴らして歩く潮音の後ろ姿を眺めながら、和翔は歩いた。銀色のドレスが夜闇に映(は)えて綺麗だった。

女はすごい、と思った。家では色褪(あ)せたスエットの上下を着ている潮音が、後ろ姿だけでこんなにも美しい。美しさは金になる。学歴も資格ももたない女が、こぞってキャバクラ嬢になりたがるのもよくわかる。

自分がもし女に生まれてきたとしたら――和翔は歩きながらぼんやりと考えた。水商売に身を投じ、金を稼ごうとしただろうか？　キャバ嬢になることで、人生の一発逆転を狙ったか？

たぶん無理だろう。

ままならない現状から脱出しようと焦っている人間には、成功者の声ばかりが大きく聞こえ、敗残者の声は届かないものだ。夜の蝶として大金をつかんだ女がいる一方、身を持ち崩した女もいる。酒に溺れて健康を害す。金銭感覚が狂って借金地獄に陥る。男に騙されて精神の平衡を失う——成功者より、そっちのほうが遥かに多い。和翔の耳には敗残者の声だけがこびりついている。

下り勾配を半分ほど来たところで、潮音が立ちどまった。もう少し後ろ姿を眺めていたかったが、追いついてしまう。

「どうかしたか？」

「足が痛い」

「ハイヒールなんかで歩くからだよ」

和翔は苦笑した。背伸びしたいという心理の現れなのか、潮音が履いている靴は、踵が十センチくらいありそうだった。

「おんぶして」

「はっ？」

「家までおんぶして帰ってよ」

潮音にしては珍しい、幼稚なわがままだった。五反田駅は見えていたが、彼女の自宅はその遥か向こうで、まだけっこうな距離がある。それがわかっていて、無茶を言っているのだ。

「ねえ、おんぶ」

「ふざけたこと言ってんじゃねえよ。タクシーつかまえよう」

和翔はいま来た道を振り返った。タクシーは走ってこなかったが、しばらくすれば通るだろう。最悪、駅まで行けばタクシー乗り場がある。

潮音を見ると、悔しげに唇を嚙んでいた。

「和翔くんってずるいよね……」

「なんの話だ？」

「わたしの味方だって言ってるくせに、抱いてもくれない、おんぶもしてくれない、そんなの全然味方じゃないよ」

「大学に戻るならおんぶしてやってもいい」

和翔の言葉に潮音は眼を丸くした。

「家までだよ」

「ああ」

「おんぶしてのろのろ歩きだと、三十分以上かかるかもしれないよ」

「一度もおろさないで帰ってやるぜ」

こちらの条件を呑んでくれるなら、お安い御用だった。体力に自信がないわけでもない。ネトゲ廃人を決めこんでいたときならともかく、このところ肉体労働で鍛えている。

「わたしね……」

潮音は目の前を通りすぎていくクルマのテールランプを眺めながら言った。

「おんぶって夢だったんだよね。みんなちっちゃいころお父さんにしてもらうんでしょう？　わたし、されたことないし。そもそもお父さんの顔も知らないし」

「だからしてやるよ」

和翔がニヤニヤしながら言うと、潮音はふっと笑った。

「でも、大学戻れってことは、キャバクラも辞めろってことよね？　鎧塚をやっつける計画も捨てろって言うんでしょ？　だったら無理。おんぶのために、そこまで譲れない」

ハイヒールを脱いで、裸足になった。「ひゃっ、冷たい」と跳ねあがり、爪先立ちで歩きだす。ストッキングは穿いているようだったが……。

やれやれ、と和翔は溜息をつきながら続いた。

「わたしがどんな思いであの店で働きはじめたのか、和翔くんはわかってない」

潮音は振り返らずに言った。

「わかってないでしょ？」

「わかりたくもないね」

「だったら、わたしはわたしの道を行く。自分の足で歩いてやる」

「ガラスでも踏んでケガでもしやがれ」

潮音が振り返り、眼を見合わせて笑った。お互いに乾いた笑いだった。

和翔は潮音を抱くことを拒んだ。それでも潮音は、鎧塚に近づくことを、断固としてやめるつもりがないようだった。

このままでいいわけがなかった。このままでは、潮音の処女は鎧塚に奪われることになる。考えただけで虫酸が走る。

それだけでも我慢ならなかったが、潮音はさらに、危ない橋を渡ろうとしていた。なるほど、男女の関係になれば秘密を嗅ぎつけられる可能性は少なくないかもしれない。だが、彼女は訓練を受けたスパイではない。鎧塚に知られずにスマホやパソコンからデータを盗んだりできるならともかく、セックス前後の会話だけでたいした秘密がつかめるとは思えない。

五反田駅のガードをくぐった。裸足にもかかわらず、潮音はタクシー乗り場に向かおうとはしなかった。目黒川の橋を渡り、山手通りの自宅方面までショートカットできる斜め右の道に入っていく。敷地の広い廃旅館があるそのあたりは、夜道が急に暗くなる。

考えをまとめなければならなかった。

基生も間違いなく、潮音の思惑を知っている――本気で半殺しにしてやりたくなってくる。いったいどこまで馬鹿なのか？　潮音が言いだしたことらしいが、レイプ偽装のときは潮音の顔面を殴った。今度は鎧塚の秘密を探るために、体を使わせようとしている。血の繋がった実の妹を、いったいなんだと思っているのか？

まあいい。

基生のことは後まわしにして、まずは潮音をなんとかしなければならない。暴走している彼女の気持ちに、ブレーキをかけてやらなければ……。

「なあ……」

山手通りに出る直前で声をかけた。

潮音が顔を向けてくる。

「俺の女にならないか？」

立ちどまった。和翔も立ちどまる。

「金なら俺がなんとかする。かあちゃんをどうしたらいいか調べてみる。たぶん病院に入ってもらうことになるだろうが……そうしたら、一緒に暮らそう」

「いいよ」

潮音は真顔でうなずいた。即答だった。

「鎧塚のお古でよければ、好きにして」

「頼むよ……」

和翔は首を振った。

「鎧塚のことはもう忘れろ。復讐なんて意味ないし、リスクがでかすぎる。だいいち、おまえがやつに抱かれるなんて、俺には耐えられない」

「嘘ばっかし」

「嘘じゃねえよ」

「わたしね……」

潮音は大きく息を吸いこんでから、言葉を継いだ。

「けっこう前から和翔くんのことが好きだったんだよ。将来はこの人のお嫁さんになるのかな、なんて思ったりしたこともある。こんなに大事にしてもらったことないから、当然だよね……和翔くんは子供扱いしかしてくれなかったけど……」

「子供を子供扱いしてなにが悪い」

和翔は苦笑まじりに言った。

「でも、いまは認めてやってもいい。もう大人になったって。だから……」

潮音は首を横に振った。

「和翔くんのことは好きだけど、半グレから尻尾を巻いて逃げてるようなら、将来は知れてると思う。一生浮かびあがれない。お兄ちゃんがせこい売人やってるって白状したとき、わたし、心の底からがっかりした。昔、そういう人がうちにもいたもの。自分でも打ってるから年中眼つきがおかしくて、刑務所を行ったり来たりして……負け犬よ。運命に立ち向かわなかったら、わたしたちは死ぬまで生き地獄から浮かびあがれない」

「……生き地獄、なのか？」

「違う？」

視線と視線がぶつかった。眼力で、和翔は潮音に負けている気がした。彼女の背負っている現実のほうが、重いのかもしれなかった。

和翔はそこまで気持ちが荒(すさ)んでいなかった。日々の暮らしで幸福感を噛みしめることなんて皆無(かいむ)だが、生き地獄だとも思っていない。実家にいたときや十三歳で家出した直後は、たしかにそんな感じだった。でも、いまは違う。

潮音がいるからだ。彼女の成長を見守ることが、和翔の生き甲斐だった。薄汚い暮らしの中で、唯ひとつ灯った希望の光だった。

だが……。

大変なことに気づいてしまった。

潮音には、そういう存在が、いないのだ。保護者気取りの男がふたりばかりいても、彼女自身が思いを寄せる相手がいない。見守っているだけで生き甲斐を覚えるような誰かがいない。

「協力してよ、和翔くん！」

潮音がハイヒールを捨てて手を握ってくる。今度は両手だ。

「わたしが欲しいならあげるよ。女になれっていうならなるよ。だいたい、鎧塚のお古になる前に抱いてほしいって、わたしからお願いしてるんだよ。だから協力して。鎧塚をこのまま放置しないで」

なぜそこまで熱くなるのか——和翔は眩暈を覚えた。潮音はなにもわかっちゃいない。裏の世界にセーフティネットがないことを知らない。しくじればそこでおしまいという実感がない。組織の下っ端で働くのは地獄だが、組織のマトにかけられたりしたら、その時点で終了なのだ。簡単に命が消し飛ばされる。

「なにやってんの、こんなとこで？」

聞き慣れた声がした。山手通りから人影が近づいてくる。夜闇に白い眼帯が浮かぶ。基生だった。潮音が鼻白んだ顔で手を離す。

「おまえこそなにやってんだ？」

和翔もバツが悪かった。

「ちょっと吉牛までパシリ」

基生はニヤニヤ笑いながら、牛丼弁当の入った袋を持ちあげた。

「かあちゃんに言われたのか？　牛丼ならさっき買ってってたじゃねえか」

「あれは俺が二個とも食べちゃったんだよ。それがバレて、かあちゃん怒った、怒った。まあ、最近食欲なかったみたいだし、牛丼食べる気になっただけでも、よかったのかもしんない」

三人で肩を並べて歩きだした。潮音はぶんむくれている。言いたいことはたくさんあって、喉元までこみあげているのだろう。だが黙っている。さすがに兄貴の前では、抱くだの抱かないだのという話はしたくないらしい。賢明だ。

ようやく公営団地が見えてきた。

昼間に見ると壁がずいぶんと汚れているが、夜ならば目立たなかった。まわりに建っている小ぎれいな家々と一緒に、静かに眠りについている。都内に一戸建てをもてるそれなりに裕福な人間も、生活保護で公営団地暮らしの人間も、眠っているときは平等だ。敏子もいい夢を見ているだろうか？

入口まで来たとき、ドサッと大きな音がした。五メートルほど横になにかが落ちてきた。落下してきた気配におののき、三人とも身をすくめた。

落ちてきたのは、人のようだった。

動かないし、声も出さない。死んでいるのか？

基生が恐るおそる確認しにいく。眼を見開き、息を呑んでいる。唇がぶるぶると震えはじめる。

「嘘だろっ……嘘だろ、かあちゃんっ！」

敏子だった。五階のベランダから飛び降りたのだ。和翔と潮音も、灰色の脳漿をぶちまけた無残な亡骸を見た。基生が目頭を押さえて嗚咽をもらしだす。潮音は唇を噛みしめて涙をこらえている。和翔はただ立ちすくむことしかできない。

静かな夜だった。

敷地に響き渡った落下音で、不測の事態に気づいたのだろう。すっかり暗くなっていた公営団地に、ポツ、ポツ、と灯りがともりだす。動揺がひろがっていく。「おいっ、自殺だ」という声が遠くから聞こえてくる。

和翔は木の陰に行って嘔吐した。嫌なことを思いだしてしまった。和翔も母親を自殺で亡くしていた。

昔話をしたがらない人だったので、和翔は母がどういうふうに生きてきたのかよく知らない。夜の街で働いていたことはたしかだった。保険の勧誘員のようなこともやっていた。枕営業なのか自由恋愛なのか、男がよく部屋にあがりこんでいた。ひとりやふたりではなかった。

ある日、そのうちのひとりが継父になった。屈強な体つきをした、ゴリラのような男だった。ひどいアル中で、雨が降るたびに気絶するまで殴られた。耐えきれなくなって十三歳のときに家出した。母を残していくのが気がかりだったかどうか、もう覚えていない。気がかりだったに違いないが、このままでは本当に殺されるという恐怖には抗えなかった。

そもそも和翔は育児放棄をされていた。そのへんにあるものを食べなさい、というのが母の口癖だった。学校なんか行かなくていい、とも言われた。ネグレクトについて教師に説教されるのが、料理以上に面倒くさいからだった。学校にも、母が男を連れこんでいる家にも居場所はなかった。そんな母親でも、好きだったのだろうか？　好きだったのだろう。他に代わりはいないのだから……。

　家出してから二年後、偶然会った地元のやつに、「おまえのかあちゃん自殺したぞ」と告げられた。自宅で首を吊ったらしい。見ていなくても、その光景がありありと脳裏に浮かんだ。刻みこまれて消えなかった。昼でも薄暗いアパートの部屋、床は酒の空き瓶だらけで足の踏み場もない。そこで母が首を吊っている光景が……。

　嘔吐がとまらなかった。

　誰かが背中をさすってくれた。潮音だった。涙を流していた。ついにこらえきれなくなったらしい。

「いいのかなあ……」

　ひっ、ひっ、としゃくりあげながら言った。

「これがわたしたちの運命で、本当にいいのかなあ……」

　和翔には答えられなかった。

　なるほど、ここは生き地獄なのかもしれない。死んだほうがマシではないかと、誰もが思って生きている。

　死だけは誰にでも平等に訪れる。あの世ではせいぜい幸せになろう——そして実際に、こうやって一人ひとり、消えていくのだ。いや、消されていく。組織のマトになどならなくても、じりじりと死の淵へと追いつめられていき、ほんの少し冷たい風が吹いただけで、命の炎が消し飛ばされる。

潮音は間違っていないのかもしれなかった。

抵抗しなければ、自分たちは一生浮かばれることがないだろう。命懸けで抵抗しなければ……。

# 第四章　襲撃

## 1

敏子は骨になった。

葬式もなく、墓もない。ただ火葬をされ、税込み五千八百円の骨壺にひっそりと収まっただけだった。基生の家のテレビの前にポツンと置かれていたが、和翔は牛丼弁当をお供えする気にもなれなかった。

葬式を拒んだのは血の繋がった兄妹だ。必要ないよと基生が言い、潮音もうなずいた。参列者が三人しかいないからだ。坊主のお経や戒名に意味があるとは、和翔にも思えなかった。神も仏もない世界で、敏子はひとり、死んでいった。

「でも、墓はいるんじゃないか？」

和翔は言った。

「いつまでも骨壺を家に置いておくのは縁起が悪い」

「いいアイデアがある」

基生はなにかを閃いたようで、骨壺を持って立ちあがった。ろくな閃きじゃないような気がしたが、和翔と潮音も外に引っぱっていかれた。深夜だった。午前二時を過ぎた五反田の住宅街は死んだように眠っていた。基生は高速道路の下の道を北に向かい、目黒川に架かった橋の上で足をとめた。

「かあちゃんに相応しい墓場はここだ」

骨壺を逆さにして、骨を撒いた。和翔はさすがにびっくりした。とめる暇もなかったが、とめなくてよかったのだろう。

亡骸を確認したとき、あれほど涙を流していた兄妹なのに、もう泣いていなかった。基生は骨をすべて撒きおえると骨壺まで目黒川に叩きこんだ。眉間に皺を寄せて、夜より黒い目黒川を睨んだ。悲愴な覚悟が伝わってきた。潮音も兄と同じ眼つきをしていた。ふたりは顔立ちがまったく違い、本当の兄妹なのかと疑いたくなるようなときもあったが、たしかに血が繋がっていると初めて思った。

死んでもドブ川じみた目黒川に骨を撒かれるだけ——そんな運命を嚙みしめるための兄妹の儀式だった。負け犬の血が、ふたりの中で沸きたっているのを感じた。

血が繋がっていなくても、和翔も同じ運命なのは間違いなかった。死んでも目黒川だ。もちろん、死んだあとのことを考えて嘆いていてもしようがない。生きている間に運命を切り拓き、この世に生まれてきた意味を見つけなければ……。

せっかく繋がりかけた北関東の卸に、和翔は連絡しなかった。しばらくシャブの売人は休業するつもりだった。

他にやることがあった。カーナビ泥棒時代のツテを頼り、クルマの取引ができる相手を探した。足のつかないワンボックスカーを手に入れる必要があった。そして拷問部屋だ。廃工場でも倉庫でも畑の中の一軒家でもいい。どれだけ悲鳴をあげても誰も助けに来ない場所を、確保しなければならなかった。

だが結果的に、それらは必要なくなった。鎧塚の自宅に、金庫があるという情報がもたらされたからだ。

「人ひとり入れそうなくらい大きなやつだった。クローゼットの中に隠してあるんだけど、鎧塚が服を選んでるとき、ちょっとだけ見えた」

情報源はもちろん、潮音だった。母を自殺で亡くしたからか、あるいは処女でなくなったせいなのか、以前より何倍もしたたかな女になっていた。野良猫の眼をした少女のころに比べれば何十倍だ。

鎧塚という男は、女を抱くのにホテルを使わないらしい。道玄坂の上にあるマンションはホテルよりずっと広いのかもしれないし、窓から見える夜景が綺麗(きれい)なのかもしれないし、ベッドやバスルームなどの設備も充実しているのかもしれないが、そんなことはどうだっていい。

女を連れこむ部屋に巨大な金庫を隠しているなんて致命的なミスだ。盗まれても困らないものを金庫にしまいこむ人間などいない。ならばそれをいただくまでだった。自宅に乗りこんでいったほうが、拉致(らち)をする手間も省(はぶ)ける。

和翔と基生は鎧塚の自宅前で張りこみ、帰宅場面を三回ほど確認した。ボディガードじみた運転手は、鎧塚を降ろすとすぐにクルマを発車させた。マンション自体を見張るような素振(そぶ)りは、一度も見せなかった。彼と戦わないですむなら、武器の準備も最小限ですむ。

計画は極力シンプルなほうがいい。鎧塚が潮音を自宅に入れてセックスをする。その前にクスリを盛って眠らせてしまうのがベターだ。鎧塚の意識がなくなったら、潮音がマンションの鍵を開ける。

朝までに成果をあげる。金なり、金になりそうな情報なりをつかんだら、東京とはおさらばだ。敏子が死んでしまったので、もう足枷(あしかせ)はない。遠隔操作で脅(おど)しつづけられるネタをつかめれば最高だが、そうでなくても行方をくらます。基生は北海道(ほっかいどう)がいいと言い、潮音は沖縄がいいと言っている。和翔はどちらでもよかった。

ここではないどこかなら……。

潮音が初めて鎧塚の自宅に行った夜。

和翔は基生の家で潮音の帰りを待っていた。彼女の顔を見て、なんと声をかければいいかわからなかった。それでも、自分たちのために体を張っている女が、帰ってきてもひとりぼっちという状況はよくないと思った。

ＹｏｕＴｕｂｅを参考に、基生とふたりでハヤシライスをつくった。潮音の好物だからだ。明け方になっても潮音は帰ってこなかった。連絡もなかった。和翔がトイレに行っている隙(すき)に、基生は寝息をたてていた。和翔はひとり、外に出た。一階まで降りて、コンクリートの階段に座った。

カラスが鳴いていた。空は群青(ぐんじょう)色だった。もうすぐ夜が明ける。

敏子が絶命した地面が見えた。ここを通るたびに、意識せずとも視界に入る。悲しみがこみあげてくる。それ以上に怒りがこみあげてくる。彼女はなぜ死ななければならなかったのだろう？　子供がいるのに、好き放題に生きてきた報いなのか？　孕ませた男が責任をとらなかったせいなのか？　それとも世間が冷たいからか？　弱者を救済できない政治のせいなのか？

いずれにせよ、犬死にだった。自分たちは犬死にするしかなかった女の股から産まれてきた。俺も犬死にするだろうと、死に様をリアルに想像できた。そのときがやってくるまで、怯えて暮らしているのが急に馬鹿馬鹿しくなった。せっかくなら命を燃やして死にたかった。

鎧塚から金を奪うことが命を燃やすことになるのかどうか、わからない。おそらく、なんでもよかったのだ。基生と潮音と三人で、いままで慎重に避けてきた危ない橋を渡ってみたかった。

タクシーが停まり、ワインレッドのドレスを着た潮音が降りてきた。下を見て歩いてくる。まさか階段に和翔がいるとは思っていなかったのだろう、気づいて驚いた。いつもと顔が違った。両眼の瞼が腫れていた。泣いていたらしい。タクシーの中でなのか、鎧塚に抱かれながらなのか……。

「ちょっと来い」

潮音の手をつかんで敷地の奥に向かった。雑木林があった。お世辞にもきれいな場所ではなかった。空(あ)き缶、空き瓶(びん)、煙草(たばこ)の吸い殻(がら)、雨に濡れた少年ジャンプ、シンナーの匂いのするビニール袋、犬の糞、花火の残骸などで散らかり放題だが、ここの住人は誰ひとりとして掃除をしようとしない。

和翔はまばらに雑草の生(は)えた地面を蹴ってゴミをどけた。衝動的な行動だった。最初からそのつもりなら、せめて敷くものを持ってくる。

顔を真(ま)っ赤(か)にして地面を蹴っている和翔を、潮音は黙って見ていた。押し倒しても、声をあげなかった。唇(くちびる)を重ねた。潮音が口を開いたので、和翔もそうした。舌をからめあいながら、ワインレッドのドレスに包まれた乳房を揉(も)んだ。女らしいまろやかな感触に息を呑(の)んだ。

ドレスの裾(すそ)をめくると、潮音は瞼をおろし、眉根(まゆね)を寄せた。吐息の匂いが急に甘くなった気がした。股間にはピンクベージュのショーツがぴっちりと食いこんでいた。和翔はストッキングごと、それを剝(は)ぎとった。

薄く毛が生えていた。その奥を指で触れると、驚くほどの熱を放っていた。すぐにヌルヌルになった。血なのかもしれないと怖くなり、指先を見たが色はついていなかった。和翔はズボンとブリーフをさげ、硬く勃起したもので貫(つらぬ)いた。潮音の中は煮えたぎっていた。熱気が伝播(でんぱ)するように、和翔の体も燃えるように熱くなっていった。体ごと腰を揺らして、勃起したものを入れたり出したりした。潮音は最後まで声をあげなかった。長い睫毛をふるふると震わせていただけだ。和翔は終わってもしばらくの間、荒ぶる呼吸を整えることしかできなかった。

初めてのセックスだった。

「一度ソープに行ったことがあるんだけどさあ……」

基生が言っていた。

「かあちゃんみたいな女が出てきて、あわてて逃げたね。顔見ただけで三万もとられて、もう散々だった。それ以来、女は勘弁」

和翔にも似たような経験があった。

子供のころから母が男に抱かれているところを何度も目撃していたので、そもそもセックスに対する嫌悪感があった。潮音を相手にうまくやれて、自分でも驚いたくらいだった。

やはり、潮音は違うのだ。母のような女とは違う。鎧塚に処女を奪われてなお、こんなにも清潔だ。透明感すらある。

潮音は乱れたドレスを直しもせず、抱きついてきた。熱く火照った細い体を、和翔も抱きしめた。口づけを交わすとこみあげてくるものがあり、涙があふれそうになった。

## 2

土曜日の午前零時。

潮音からＬＩＮＥが入った。

——今日は遅くなります。

和翔と基生は眼を見合わせた。暗号だ。潮音は無事、鎧塚の部屋に持ち帰られるようだった。ふたりは渋谷のセンター街にあるマクドナルドで待機していた。夕方のうちに、鎧塚から潮音にＬＩＮＥが入ったからだ。

——今夜店に行くよ。その後アフターもどうかな？

——お待ちしてます。お店には何時ごろいらっしゃいますか？

——十時過ぎだね。

——アフターも楽しみにしてます。

和翔は基生とともに、潮音がＬＩＮＥでやりとりするのを見守っていた。いよいよ計画を実行に移すときがやってきたようだった。武者震いが起きた。基生は顔色が悪くなった。いちばん落ち着いていたのが潮音だった。

きっとうまくやってくれる——もう信じるしかなかった。潮音にはγ‐ヒドロキシ酪酸というデートレイプドラッグを渡してある。無味無臭で色もない。アルコールに混入させると、睡眠導入の威力が倍増する。香水のボトルから酒のグラスに何度かプッシュするだけでOKだ。

和翔と基生は、自分たちが被験者となって人体実験をしてみた。リキッドの濃淡、プッシュの回数、アルコールの度数などを変え、昏睡状態までの時間と、記憶の欠落状態などを細かく割りだした。できれば店にいる間に飲ませてしまいたいが、タイミングが早すぎてもいけない。男は眠くなると、性欲が減退する。

マクドナルドを出ると、道玄坂を早足でのぼっていった。和翔も基生もバックパックを背負っていた。金庫の中身を運びだすためで、ほぼ空だからいまは軽い。万が一の職質に備え、刃物もスタンガンも入れていなかった。結束バンドはポケット、ガムテープは残量を少なくして潰し、これもポケットに入れてある。拷問に必要となるロープを持ってくるかどうか悩んだが、結局やめた。武器を含め、できるだけ現地調達する方針だ。

バックパックに入っているのは変装用具、そして、潮音のスニーカーだけ。基生の家から出てくるとき、玄関でふと思いついて放りこんだ。ドレスにスニーカーでは不格好だろうが、ハイヒールで足を痛めて歩けなくなるよりはいいだろう。

道玄坂をのぼりながら、逃亡ルートを確認した。

「やっぱ目的地は北海道がいいのかよ？」

「ハッ、どこでもいいさ。三人一緒なら」

ハイタッチをするかわりに、視線と視線をぶつけあう。基生は不敵に笑っている。和翔もだ。

朝の渋滞が始まる前、街に朝帰りの人間がちらほら見えている時間に、タクシーで品川駅に移動する。そこから新幹線で西に向かうか、京浜急行で羽田空港に向かうかは、そのときの状況で決めればいい。

「ＬＩＮＥがきたぞ」

基生がスマホの画面を見せてくる。

――もう大丈夫。

和翔と基生はうなずきあった。潮音からのゴーサインだ。道玄坂を右に曲がり、ストリップ劇場の前を通過する。円山町のラブホテル街を抜けると、鎧塚の住むマンションへの近道になる。男ふたりで歩くようなところではなかったが、気にしている場合ではない。

マンションの前に黒塗りのセダンは停まっていなかった。急いで変装してエントランスに向かう。

管理人室の窓にはカーテンが引かれていたが、監視カメラはあるだろう。和翔と基生は宅配ピザのドライバーを装い、ジャンパーとキャップを着けていた。似たようなものを自作した。もちろん、ピザの箱も持っている。万が一のとき潮音がグルだと疑われないため、監視カメラの前でひと芝居打つのだ。

オートロックのインターフォンで部屋番号を押し、潮音を呼びだす。

「ドミノピザです」

「頼んでないですけど……」

「鎧塚さんですよね？　支払いは新宿の法人ですが、たしかに注文がありました。贈り物でしょう。とりあえず開けてもらっていいですか」

エントランスの扉が開く。下を向いて早足で歩き、エレベーターの中で革の手袋をはめる。鎧塚が住んでいるのは十三階。目的の部屋は、扉が少し開いていた。潮音がこちらをのぞいている。馬鹿なのか、と和翔は呆れた。ピザを配達したテイで扉を開けさせ、強引に部屋に踏みこんだ感じを装う――そういう段取りだったのだ。

和翔から先に部屋に入った。潮音が下着姿だったのでギョッとする。白いブラジャーとショーツ、ミルク色の素肌がまぶしい。

「怖かった……」

ハアハアと息をはずませて、和翔の腕にしがみついてきた。言葉とは裏腹に、瞳が輝いている。まるでスリルを楽しんでいるかのように……。

「やつはどこにいる？」

「こっち……」

足音に注意しながら廊下を進み、潮音が開けた扉の中をのぞく。ベッドの上に全裸の男が倒れている。うつ伏せなので顔が見えないが、鎧塚だろう。結束バンドで両手を後ろに拘束（こうそく）するため、潮音がその体勢にしたのだ。

潮音にも結束バンドを持たせてあった。鎧塚が眠りに落ちたらすぐに拘束しろと指示を出した。その段取りを忘れなかったのは褒（ほ）めてやってもいい。

和翔は部屋に入り、結束バンドの状況を確認した。問題なかった。それでも念のためもう一本つける。両足首も結束バンドでとめ、口にはガムテープを貼った。

部屋を出て再び廊下を歩いていくと、基生が手招きしていた。隣に潮音がいる。まだ下着姿だ。

「おまえ、なんか着ろ」

そこはリビングだった。恐ろしく広かった。テーブルも長く、十脚くらい椅子がある。

まるで会議室だ。カーテンが閉まっていたので、間違いなくゴージャスであろう夜景を拝むことはできなかった。クローゼットの扉はすでに開いていた。扉は表面が鏡張りになったスライド式。中に金庫がある。幅は一メートルほど、高さは腰のあたりまで。予想通り、指紋認証が必要なようだ。

色は淡いベージュだった。スタイリッシュな室内の雰囲気に溶けこんで、いかにも金庫という存在感がない。潮音の目敏さに舌を巻いた。ちょっと見ただけでこれが金庫とわかるなんて……。

「……ふうっ」

和翔は息を吐きだした。ここまでは怖いくらいにうまくいっている。あとは拷問あるのみだが、その前に鎧塚のスマホとノートパソコンを押さえた。ハッカーじみたことはできないが、ブツを押さえておけばなにかの役に立つかもしれない。奪われたほうの精神的ダメージも大きいだろう。

武器も探したが、なかった。基生がキッチンから包丁を持ってくる。長いのと分厚いの。高級品っぽいというか本格的というか、ずいぶんギラギラと刃が輝いている。長いほうなど槍のように鋭く尖り、刃渡りが二〇センチ以上ありそうだ。人を刺すための凶器にしか見えない。

「こんなのもあったぜ」

基生が後ろを向く。木の棒が尻のポケットに突っこんである。長さは三〇センチくらい

で、太さはバットを握るところに近い。

「なんだそれ？」

「さあね。台所にあったんだから調理器具だろ」

ピザの生地でも伸ばすのだろうか？　半グレのボスともなれば洒落た趣味がある。

「こういうのがあればいいと思ってたんだよね」

「なにに使う？」

「正座させるとき、膝の裏に挟むんだ。時短になる」

基生は楽しげに笑ったが、眼は笑っていなかった。

潮音はまだ白い下着姿でうろうろしていた。

「おい、服着ろって言ってんだろ。いつまで裸でいるつもりなんだ」

和翔が苛立った声で言うと、

「だって暑いの……すごく暑い……」

潮音は自分の顔を両手で扇いだ。たしかに頬が赤く染まり、胸元が汗ばんでいた。興奮しているらしい。まったくたいしたタマである。

「それに、裸じゃなくて下着でしょ。ビキニと露出度は一緒だもん」

悪戯（いたずら）っぽく眼を輝かせる。ここにいるのは兄と恋人、だから許してほしいと顔に書いてある。


「勝手にしろ」

和翔は基生をうながし、寝室に向かった。いずれにしろ、潮音は拷問には立ちあわせない。隠れていろと指示してある。

寝室の前でピザ屋のジャンパーとキャップを脱ぎ、目出し帽を被った。和翔のものは眼のところに小さな穴がふたつ開いたものだが、基生のものは大きな穴がひとつのタイプだ。眼帯（がんたい）をはずして、サングラスをかけるためである。

再び寝室に入った。鎧塚はまだ夢の中だった。デートレイプドラッグをアルコールとともに服用すると、だいたい六時間から八時間は眠っている。もちろん、そんなには待てない。

自分たちを被験者にした人体実験では、急に起こすと記憶障害を起こすことがあった。起こされたことそれ自体を忘れてしまうのだ。それならそれで好都合だった。夢の中だと勘違いして、なんでもペラペラしゃべってくれれば助かる。

「起きろ」

和翔は包丁で鎧塚の頬を叩いた。分厚いほうを渡された。基生は長いほうだ。そちらのほうが殺傷能力は高そうだったが、分厚いほうも指くらいなら骨ごと切り落とせそうだった。

鎧塚はなかなか起きなかった。クスリが効きすぎているらしい。だが、のんびりしている暇はない。現在、午前一時四十分。拷問には時間がかかる。膝の裏側に木の棒を挟んだ正座はきつそうだが、それでも四、五時間は見ておいたほうがいいだろう。朝までぎりぎりの作業になる。

基生に言わせれば、時間をかけない拷問は怖くないのだそうだ。殴る蹴るならそれほど長く続かないし、当たり所が悪ければ失神する。殺されるかもしれないという恐怖はあるにしろ、腹の据わった人間はそれを呑みこむ。だが、どんなに腹の据わった人間でも、この生き地獄が延々と続くのかと思うと心が歪み、ひび割れて、やがて折れる。一見地味な正座でも、ひと晩中とか、なんなら三日くらい続けてもいいという態度をとれば、もういっそのこと殺してくれと泣きわめくしかなくなる。

「なんで起きねえんだ。おまえはもっと簡単に起きたぞ」

「潮音がヤクをプッシュしすぎたのかもしんない」

基生が鎧塚の鼻をつまんだ。口にはすでにガムテープ。呼吸ができなくなった鎧塚は、さすがに悶絶して眼を覚ました。カッと見開かれた眼が、恐怖に凍りつく。パニック状態だ。状況が呑みこめるまで少し時間がかかりそうだった。一分くらいなら待ってやってもいい。なんでも急げばいいというものではない。

「金庫の中のもんいただきに来た。開けてくれ」

「おとなしく開けないと、きつーい拷問だよ。どうする？」

鎧塚は状況を理解したようだった。手足の拘束。口にはガムテープ。目出し帽の男ふたりに、包丁を突きつけられている。おまけに全裸だ。半グレのボスなら、こんな状況でも格好をつけるのだろうか？

鎧塚の口からガムテープを剝がした。

「ごっ、拷問は勘弁してください……」

聞いているほうが恥ずかしくなるほど震えた声が返ってきた。眼つきが怯えきっていた。和翔は失笑しそうになった。なにが半グレだ。K大のレイプ魔のほうが、よほど胆が据わっていた。

だが、油断してはならない。ただのヘタレが不良組織のトップに立てるわけがないし、政治評論家から億の金なんて引っぱれない。ヘタレのふりをしているだけだ。突っ張ってむごたらしい拷問を受け、心身にダメージを受けるのは馬鹿のやることだと思っているのだろう。この場を無傷で乗りきれば、後日かならず反撃できると確信している。

「どうせ耐えられない……降参します……お金なら渡しますから……」

和翔と基生は、眼を見合わせた。期待はしていたが、現金があるらしい。

「いくらある？」

「五千か六千……いや……億は……あるかも……」

もう一度、眼を見合わせる。笑ってしまいそうになる。基生の片眼も、サングラスの奥で三日月形になっていることだろう。

「じゃあ、リビングに行け」

「足をほどいてくれませんか？」

「ふざけんな。ジャンプしながら行け」

「芋虫みたいに這いずってもいいぜ」

基生がプッと吹きだす。和翔はその脇腹を肘で突いた。まだすべてが成功したわけではない。緊張感を失ってはならない。

和翔と基生が先にリビングに向かった。鎧塚が、両足を揃えてジャンプしながらやってくる。筋トレにでも励んでいるのだろう。肩や胸の筋肉が盛りあがり、腹筋がきれいに割れていた。しかし、飛ぶたびに、縮みあがったペニスが上下に跳ねる。情けなさすぎて、もはや滑稽だった。それでも、こればかりは笑えない。潮音の処女を奪った忌まわしい道具なのだ。いまは恐怖に縮みあがっていても、潮音を抱いたときは、隆々とそそり勃った肉の凶器だったに違いない。

もちろん、潮音の心身を傷つけた借りはきっちりと返す。鎧塚は金さえ渡せば拷問から逃れられると思っているらしいが、大甘な考えだった。金庫に金が眠っている光景を拝んだら、金の出所についてしゃべってもらう。自宅に貯めこんでいるということは、表には出せない金だろう。それが億単位というからすさまじい。いったいどれだけの悪事を働いたらそんな大金を貯めこめるのか、なにもかも白状してもらわなくてはならない。

「……んっ？」

違和感を覚え、部屋の中を見渡した。鎧塚の滑稽な姿に気をとられていたが、なにかがおかしかった。その部屋のカーテンはグレイだった。横幅がかなりあるから、まるで舞台の幕のように見える。それが一部不自然に盛りあがって、隙間から誰かがのぞいていた。もちろん、そんなことをする人間はひとりしかいない。

なにをやってるんだ――和翔は舌打ちしたくなった。潮音は調子に乗っていた。ここまで計画がすべてうまくいっているからだが、喜ぶのはまだ早すぎる。なにが致命傷になるかわからない。

潮音には、空いている部屋かバスルームに隠れているように指示してあった。拷問など見せたくないという理由もあったが、もしものときに彼女とグルではなかったと言い張るため、切り離しておかなければならないのだ。

なのに、指示を無視してカーテンの隙間からのぞいている。危険な存在になりつつある。いったん鎧塚を寝室に戻そうと思った。そして潮音を拘束し、バスルームの浴槽の中にでも転がしておく。荒っぽいやり方だが、犯行現場で危険を放置しておくとろくなことにはならない。

だが、調子に乗っているのは潮音ひとりではなかった。

「なにをモタモタしてるんだ、この野郎。命が懸かってるのに、やる気ある？　チンコ切り落としちゃうよ。やったっていいんだよ？　わかってんの？」

基生は長い包丁で、鎧塚のペニスをもてあそびはじめた。ギラギラした刃の上にズル剝けた先端を載せ、もちあげた。和翔が眼をそむけたくらいだから、やられている鎧塚の恐怖は相当なものだったろう。一歩も動けなくなって、真っ赤に染まった顔を歪めた。顔中にみるみる脂汗が浮かびだした。

いい加減にしろ――和翔は言葉を呑みこんだ。言えば基生はやめるだろうが、雰囲気が険悪になる。それもまたリスクになってしまう。

そもそも和翔より基生のほうが、鎧塚に対する恨(うら)みは深いのだ。鎧塚の指示で拉致監禁の実行部隊をやらされ、報酬はたったの一万円。文句を言えば手下たちに袋叩きにされ、眼球に煙草の火を押しつけられた。そのとき折られた前歯だって、まだそのままの状態である。

少しでも溜飲(りゅういん)をさげたいのだろう。それを邪魔する権利は、和翔にはなかった。潮音にしてもそうだ。みずから選んだ道とはいえ、不本意に処女を散らされた相手が、みじめに泣き叫ぶ姿が見たいのだ。

3

「座れ」

基生が鎧塚をしゃがませた。

「そっち向きじゃない。手が後ろにあるのに、金庫のほう見てどうすんだ？　どうやって指紋認証する？」

「手を自由にしてください……」

鎧塚がすがるような眼を基生に向けたが、

「それは絶対にダメだ」

間髪入れず和翔は制した。

「金庫の中に武器が入ってるかもしれねえ」

基生がうなずく。

「武器なんて入ってませんから……」

「うるせえな、この野郎。ガタガタ言ってっと、指全部切り落とすからな」

基生にどやしつけられ、鎧塚は身をすくめて向きを変えた。

「どの指だ？」

「右手の……人差し指」

基生が指をつかんでセンサーに押しつけようとすると、鎧塚は「痛い痛い痛い」と大げさな声をあげた。まるで幼児のような情けない有様だった。思わず動画で撮影したくなったくらいだが、聞こえてくるのは「痛い痛い痛い」ばかりで、金庫はうんともすんとも言わない。

「……どうなってんだ？」

和翔と基生は眼を見合わせた。

「シャープボタンを押しましたか？」

鎧塚が涙ぐんだ声で訊ねてくる。

「押してないよ。ハナから言え、そんな大事なこと」

基生がシャープボタンを押す。ピッと音がして、指を載せるセンサー部分が白く光った。スイッチオンだ。

「後ろ向いてちゃわかりませんよお……」

ぶつぶつ言っている鎧塚の指を、基生がもう一度センサーに押しつける。

「痛い痛い痛いっ！」

鎧塚は声をあげたが、センサーは反応しない。基生がムキになってつかんだ指をひねりあげると、

「折れますっ！　折れちゃいますよおっ！」

鎧塚はいまにも泣きだしそうな顔で叫んだ。指を押しつける角度の関係なのか、センサーがまったく反応しない。

「……面倒くさいな」

基生が指を離し、和翔を見た。

「しょうがねえから、手を自由にしてやろう」

「いや……」

和翔は首を横に振ったが、いいアイデアがあるわけでもなかった。指を切り落とすような真似は、できることならしたくない。

「おい、テメエ、この野郎……」

基生が鎧塚の髪をつかみ、鼻先に包丁を突きつけた。

「金庫の中には金しか入ってないんだな？」

鎧塚の眼が泳いだのを、和翔は見逃さなかった。

「この野郎、嘘ついてやがるぞ」

「チャカでも隠してるか？」

基生が包丁を握り直す。鼻の下に刃をあててすっと引くと、唇から顎にかけて血がしたたった。基生も驚いている。包丁の切れ味がよすぎたのだ。鼻を削がれそうになった鎧塚は首に何本も筋を浮かべ、限界まで眼を見開いていく。

「そっ、そんなんじゃなくてっ……シャブ……シャブです……」

和翔と基生は眼を見合わせた。

「どれくらい？」

「一キロ……二キロかな……」

もう一度、眼を見合わせる。

金の話を聞いたときのように、笑いそうにはならなかった。逆に戦慄を覚えた。背中に冷たい汗が浮かんでくる。

シャブ一キロの末端価格は、三千万をゆうに超える。二キロなら六千万、七千万。それだけの量を隠しもっているということは、鎧塚は本筋のやくざと繋がっている。この国でシャブの元締めは、やくざ以外にあり得ない。

なにが半グレだ——和翔は舌打ちした。表の世界と裏の世界を股にかけ、華麗に稼いでいるふりをしても、結局はどっぷり裏の人間だったというわけだ。

それにしてもまずいことになった。

似たような悪の組織でも、半グレとやくざでは追跡能力がまるで違う。やくざの包囲網は全国ネットだ。国内に潜伏していれば、いつかは見つかる。偽造パスポートでもなんでも手に入れて、海外に飛ばなければ……。

「もういいよ！」

基生がこちらを見て言った。

「面倒くさいから、こいつの手を自由にしよう。妙なことしやがったら、俺がぶっ刺す。この包丁切れ味すげえからなあ……」

和翔の言葉を待たずに、基生は鎧塚の手を拘束している結束バンドを二本とも切ってしまった。

「ほら、早く開けるんだ！」

「ううっ……」

鎧塚は手首をさすりながら、のろのろと金庫のほうを向いた。右手の人差し指を、センサーにあてた。反応はなかった。

「あれ？　左手だったか……」

鎧塚は首をかしげながら、左手の人差し指をセンサーにあてる。それでもまだ、反応がない。

「どうなってんだ！」

基生が焦れた声をあげる。その手に持った包丁は、鎧塚の背中——心臓の裏側にぴったりとあてがわれている。刺せば致命傷だ。

「すっ、すいませんっ……なんでだろう？　なんで開かない……」

鎧塚はしきりに首をかしげながら、右手の中指をセンサーにあてた。ピーッという機械音がした。ようやく解錠されたらしい。鎧塚がぶるぶる震えている手で取っ手をつかみ、重そうな扉を開けていく。

札束が積みあげられていた。たしかに一億はありそうだった。すごい迫力で、後光が差して見えた。白い粉もあった。一〇〇グラムのパケが、札束に負けない勢いで積みあげられていた。

一瞬、見とれてしまった。自分自身も調子に乗っていることを、和翔はもっとしっかり自覚しておくべきだった。自覚していれば、解錠された段階で、鎧塚の両手を再び拘束していただろう。やつに金庫の扉まで開けさせる必要など、どこにもなかったのだ。

「お金ならあげます……お金ならあげます……」

鎧塚はうわごとのように言いながら札束をつかみ、胸に抱えはじめた。どこか正気を失ったようなその行動に、和翔は反応できなかった。基生もだ。ふたりとも後光の差す札束に圧倒され、張りつめた糸がゆるんでいた。

「お金ならあげます……お金ならあげます……」

鎧塚の胸に、札束がどんどん積みあげられていく。抱えられないほど抱えて、バラバラと落ちていく。落としながらこちらを向いた。

和翔は青ざめた。

鎧塚はもうヘタレの眼をしていなかった。ギラついた殺意を瞳に宿していた。その右手には、黒い鉄の塊（かたまり）――拳銃を握っている。札束の後ろに隠してあったのだ。

ズドンッと轟音（ごうおん）がはじけ、基生が膝から崩れ落ちた。

基生を撃つために、鎧塚は和翔に背中を向ける格好になっていた。和翔は反射的に飛びかかり、分厚い包丁で刺した。躊躇っている暇なんてなかった。よほど切れ味のいい包丁なのか、驚くほど柔らかい感触がした。肉ではなく、豆腐でも刺したみたいだった。それでも生温かい血が噴きだして、包丁を握った手がすぐにヌルヌルになった。鎧塚が雄叫びをあげて暴れだす。

和翔はあわてて、拳銃を握っている鎧塚の手をつかんだ。鎧塚は足が拘束されたままだったが、激しく身をよじって背中から和翔を振り払おうとする。力が強かった。見かけ倒しの筋肉ではないらしい。手首をひねりあげられない。全裸にもかかわらず鎧塚はひどく汗をかいていたから、ヌルッとすべってしまいそうだ。

「テメエらふざけやがって……」

唸るような声で鎧塚が言った。

「あの女とグルなのか？　ただじゃすまねえぞ。ただじゃすまねえからな……」

この男は超人なのか？　包丁でぶっ刺されている人間とは思えない力で、鎧塚は拳銃を向けてこようとした。その手首を押さえている両手が、何度も汗ですべりそうになる。そのたびに胆が冷える。

汗ですべれば、銃口がこちらを向く。

引き金を引かれる。

そのとき、和翔の顔の横側を、ビュッと風を切ってなにかが通過した。上から急降下してきたようだった。

ガラスの灰皿だった。潮音がそれを、鎧塚の後頭部に叩きつけたのだ。

鈍(にぶ)い音がして、鎧塚がうめいた。抵抗する力が弱まった。和翔はすかさず手首をひねりあげ、拳銃を離させた。

潮音が白い下着姿で立ちすくんでいた。顔を真っ赤にして、ガラスの灰皿を持った両手を震わせている。

「貸せ！」

和翔は潮音の手からガラスの灰皿を奪いとると、二発、三発、と鎧塚の後頭部に叩きつけた。動かなくなった。立ちあがって拳銃を部屋の隅に蹴飛ばした。

目出し帽を脱いだ。基生がのたうちまわっていた。血を流している。撃たれたのは膝らしい。すごい出血量だ。

逃げなければならなかった。発砲音を聞いたマンションの住人が警察に通報する。すぐにでも脱出しなければパクられる——わかっているのに、和翔は動けなかった。頭の中が真っ白になっていた。

気がつけば、潮音が床に散らばった札束を掻き集めていた。片っ端からバックパックに入れている。ある意味、正しい行動だった。正しいというか適切だ。自分たちはここに、金目のものを奪いに来たのだ。

しかし、下着姿でしゃがみ、眼を血走らせて札束を掻き集めている潮音の姿は、正視できないほど浅ましかった。兄貴が撃たれて血を流しているのに、おかまいなしだった。一瞥もせずに金なのだ……。

金庫の札束は大量すぎて、ひとつのバックパックに半分ほどしか入らなかった。バックパックはもうひとつあるが、潮音は立ちあがって言った。

「和翔くんは誰の味方？」

「なに言ってんだ、こんなときに……」

「逃げよう、ふたりで」

「馬鹿言え」

タチの悪い冗談だ。笑えない。

「基生を見ろよ。あんなに血を流してるんだぞ。なんとかしないと死んじまう」

「死ねばいい」

憎悪のこもった眼つきで、潮音は言った。強力なバリアが、彼女のまわりに張られたような感じがした。バリアの中で、潮音は怒りに震えていた。意味がわからなかった。なにをそんなに怒っているのだ？

「和翔くんお人好しだから気づかなかったみたいだけど、わたし、子供のころからずーっとあいつの欲望の捌け口だったんだよ。生理がある前から悪戯されて、毎日毎日犯されてたんだよっ！」

和翔は絶句した。潮音は真っ赤な顔をして眼を吊りあげ、ふうふうと肩で息をしている。基生を見た。

否定してほしかった。悪い冗談だと言ってほしかった。基生はただ、顔をそむけただけだった。つまり本当に、実の妹と……。

「ごめんね、和翔くん。わたしは和翔くんが期待してる、清らかな女でもなんでもないの……でも……でも……」

潮音は言葉を切って唇を嚙みしめ、ドレスを着はじめた。今日のは黒のミニ丈だった。ずいぶんと大人びて見えた。彼女の中に潜む闇の深さを象徴しているような色合いに、まばたきを忘れて見入ってしまう。

「早くして、和翔くん。早く残りのお金をリュックに入れて行こう。そんなケガ人連れていっても、足手まといになるだけでしょ」

和翔は言葉を返せなかった。

「行かないなら、わたしひとりで逃げるよ」

黙っていると、潮音はバックパックを背負って玄関に向かった。残された和翔は基生を見た。膝を押さえてうめいている。

「愛想が尽きただろ？」

サングラスと目出し帽を取り、脂汗の浮かんだ顔を歪めた。潰された片眼が憐れだった。

「あいつの言ってたことは本当だ。俺は最低な男なんだ……」

「マジで言ってんのか？」

和翔は声を震わせた。

「実は血が繋がってなかったとか、そういうオチなんだろう？」

基生は首を横に振った。

「テメエ……半殺しにされてえか？」

「いつか復讐されると思ってた。こんなふうにな……報いは受ける。鎧塚を殺した罪は俺が被るから、潮音と一緒に行ってやってくれ……」

「行っていいのかよ？」

「潮音は可哀相な女なんだ……俺が可哀相にしたんだ……でも、かっちゃんなら助けてやれる……行けっ！　行ってくれっ！」

和翔は自分のバックパックをつかんで玄関に走った。潮音はすでにハイヒールを履いていた。待っていたような雰囲気だった。視線と視線がぶつかりあった。一分くらい、黙って見つめあっていた。

「悪かったな、俺まで欲望の捌け口にして」

セックスの話ではなかった。

そうではなく、宝物にしたことを謝りたかった。潮音に清らかな女を押しつけたのは、和翔の欲望だった。よかれと思って押しつければ押しつけるほど、彼女は深く傷ついていたに違いない。そうではないと叫びたかったに違いない。

もちろん、実の兄に犯されていたからといって、潮音が穢れた女だとは思わない。鎧塚に抱かれたことだってそうだ。そんなことくらいで穢されるわけがないが、そう思いこんでいる自分と一緒にいて、潮音が幸せになれるとは思えなかった。

和翔はたぶん、潮音のことを永遠に清らかな女として見つづけようとするだろう。傷だらけでもがき苦しんでいるリアルな彼女と向きあうことが、きっとできない。

もう自由にしてやるべきだ。

「謝らないで。和翔くんのは愛を感じたから」

挑むような眼つきで、潮音が言った。こちらの言葉をどう受けとめてくれたのか、わからなかった。セックスの話をしているのかもしれなかった。それでも、愛を感じてくれたのなら、少しは救われる。

和翔はバックパックの中から潮音のスニーカーを出した。足元に揃えてやる。

「鎧塚のケツにはやくざがいる。日本にいる間は、どこにいたって安心できない。気をつけろ」

潮音を見た。強い眼で見つめ返してきた。綺麗だった。黒いミニドレスのせいではなかった。本性をさらけだしているからだ。剝きだしの魂を差しだして、それをつかんでくれと願っているからだ。

「やっぱり、おんぶしてくれないんだね？」

「ひとりで行け。自分の足で歩け。おまえなら大丈夫だ」

潮音の瞳が潤む。泣くんじゃねえ！　と和翔が叫ぶ前に、潮音は乱暴にハイヒールを脱ぎ捨てた。スニーカーに足を突っこんだ。こちらを一瞥もせず、玄関から飛びだしていった。

それでいい。ふたりで手に手を取りあって逃避行というのは甘ったるすぎて、自分には似合いそうもない。そしてたぶん、潮音にも似合わない。

ひとりでしたたかに生き抜けばいい。間違ってもやくざになんてつかまらず、自分の足でどこまでも歩いていけ。

和翔は早足でリビングに戻った。

「俺は最低だ……俺は最低だ……」

基生が膝を押さえてむせび泣いていた。

「本当に最低だな。ズボン脱げ」

銃撃された傷を手で押さえていたって血なんかとまらない。ズボンを脱がして、傷のすぐ上の太腿を結束バンドで縛る。鎧塚のクローゼットには、仕立てのいいスーツがずらりと吊されていた。血の目立たない黒いズボンを選んで基生に渡す。

「なんで戻ってきた？　俺みたいな最低の男、助ける価値なんかないぞ。潮音を傷つけて、かっちゃんのことだってずっと騙してたんだ……」

「俺を騙してたのは潮音だろ？」

基生が息を呑む。

「おまえは潮音にキンタマ握られてただけだ。子供のころはともかく、最近は体を餌に操られてたんじゃねえのか？　今回のことも、レイプ偽装も……」

「……どうしてわかった？」

「バレバレだよ」

別れ際の潮音を見て、大西さんを思いだした。金以外になにも信用していない眼をしていた。金のためならどんな泥でも被る覚悟を感じた。鎧塚にさえ抱かれた潮音だ。そもそも関係のあった兄に体を与えることくらい、難しくなかったはずだ。

「でもそれにしたって……俺は……最低だ……」

「うるせえな。さっさとズボン穿けよ。おまえは最低かもしれねえが、俺は最低になりたくねえんだ。一緒にヤマ踏んだ仲間を見捨てるような男にはな」

嘘ではなかった。だがそれは、本当に本当の本心ではなかった。潮音はひとりでも生きていけるだろう。だが、基生はダメだ。ひとりにしたら、ここであっさり命を落としそうだ。

だから助けるわけではない。

自分もまた、ひとりでは生きていけない人間だと思っただけだ。陽のあたるところに居場所はなく、欠陥だらけの出来損ないで、どうしようもない臆病者——潮音ほど強くはなれない。

バックパックに金を詰めた。クローゼットにあったスポーツバックに、ありったけのシャブも押しこむ。少し迷ったが、拳銃も放りこんだ。

「行くぞ」

基生に肩を貸してやり、立ちあがった。部屋を出て、エレベーターで一階に降りた。住宅街は寝静まっていたが、遠くからパトカーのサイレン音が聞こえてくる。サイレンのしない方向に向かって進んだ。顔を歪めて痛がっている基生を励ましながら、円山町のラブホテル街に入っていく。原色のネオンがやけにまぶしい。

金はある。シャブもある。おまけに拳銃まで手に入った。たとえやくざにマトにかけられても、簡単には消されない。この窮地(きゅうち)さえ脱出できれば、絶対になんとかなる。

基生を半殺しにするのは、それからでも遅くなかった。

レイプ偽装と合わせて前科二犯。

とんでもない馬鹿野郎だが、前科者が生きていけない世界なんて息苦しくてしようがない。

# 解説――死にもの狂いで生きるしかねえんだ、俺たちは

書評家　杉江松恋

草凪優は、誰にでも訪れる眠れぬ夜を書く作家である。

熱い感情が胸を焼き、眼を閉じることもできなかった若き日の宵闇。悔恨の念に苛まれ、布団の端を噛みしめた苦い思い出。気がつけばこんな遠い場所まで来てしまったのかと、旅館の天井を見上げながら時計の針が刻む音を聞いていたあの夜。さまざまな眠れぬ夜の記憶を読者それぞれがお持ちのことだろうと思う。草凪作品の中核にはそれがある。

『悪の血』は、その草凪が文庫書き下ろし形式で綴った、昏い情念の物語だ。

主人公の佐藤和翔は、二十歳になったばかりのチンピラだ。仕事はシャブの密売だが、末端で人に使われているような身分では、たいした収入があるわけでもない。そんな和翔にも生きがいというべきことがある。たった一人の親友である辻坂基生の妹、潮音に幸せになってもらうことだ。だから基生と協力して資金を捻出し、私立の女子大に入学させ

た。受験を突破できるよう、塾の費用まで出したのである。シャブを売って稼いだ、綺麗とはいえない金だが。

その潮音の誕生日の夜に事件が起きた。お祝いをするために基生と二人で待っていた五反田のカラオケボックスに、潮音は遅れてやってきた。着衣や髪が乱れ、顔を晴らした無惨な姿で。二人の前で、彼女は悲鳴をあげて暴れはじめる。

サークルの新歓コンパに参加した女子学生を、上級生が複数で輪姦する。偏差値の高さを誇る大学でそうした事件が起き、各種メディアで騒がれたことをご記憶の方も多いだろう。潮音の身にも、そんな許しがたいことが起きたのだという。無垢な少女を汚された和翔は激怒し、基生と共に動き出す。けだものどもに当然の償いをさせるためだ。ここまでがあらすじの明かしていい部分で、怒りに燃える二人がどのように動くか、というのが物語の主筋となる。

怒り。和翔を動かしているのはまさにその感情だが、掌中の珠というべき潮音が汚されたこと以外にも、彼の動機になっているものがある。この小説の第一章は「気がつけば、また地面を見ながら歩いていた」という文章で始まる。地べたを見るしかない、視線を高くすることなど考えられもしない人生なのだ。生まれてきたこと自体が貧乏くじの引き始めであり、幼いころからの家庭崩壊、延々と続く虐待、そして一度落ちたら這い出す機会さえ与えられない蟻地獄のようなどん底の暮らしが、彼を打ちのめしてきた。基生と親しくなったのも、まったく同じような境遇を生きている相手に、自身の影を見出したからだろう。

和翔が基生の家を初めて訪ねた際、友人は自分の住む五反田の街を「四方を高台に囲まれた谷底の吹きだまり」と表現した。周辺の坂を上っていけば池田山、高輪台、白金台といった高級住宅地があるが、駅周辺は「風俗やラブホばっかのエロシティ」なのである。新宿歌舞伎町が都の方針で浄化された現在、五反田有楽街は池袋と並んで都内屈指の風俗歓楽街なのだ。そんな街で、高台に住んでいる「奴ら」に見下ろされながらひっそりと暮らしている。なぜ奴らは奴らで、俺たちは俺たちなのか。その問いを何度も繰り返しながら生きていたはずの基生であり、和翔なのである。せめてお前だけは、と光り輝く世界に送り出したはずの潮音までが、「奴ら」によって汚された。そんなことが許せるだろうか。

ある場面で和翔は潮音に宣言する。「俺は手を汚す。でも、おまえには汚してほしくない。清らかなままでいてほしいんだ」と。生まれながらに背負わされた格差、一度だって納得したことなんかない不公平を自分たちの手で是正してみせる。そうした思いが、怒りに燃える若者たちの背中を強く、強く押すのだ。

個人と社会の間にある対立関係が最も端的な形で現出する瞬間を描くのが犯罪小説だ。押しつけられた矛盾を自分の力で解消しようとして個人が動くとき、社会はそれを犯罪と呼んで抑えつけようとする。それに負ければ死ぬしかないという思い、死に物狂いの闘争が読む者の胸を打つ。その意味では本書は優れた犯罪小説と言うべきである。

草凪の転機となったのは、二〇一五年に発表した『黒闇』（現・実業之日本社）だ。官能小説畑でデビューした作者が一般向けに上梓した作品で、底辺の人生を送る者が一縷の望みをかけて逆転に挑むという物語である。性愛の場面は多いが、それは生きる者の悦びを描くというよりも、オルガスムスによって迎える一時的な死の隠喩として組み込まれているのだ。元から草凪の小説にはエロスとタナトスとが表裏一体のものとして描かれていた。人生がセックスの瞬間のみ励起する。それは非日常であるという意味で、死と同じものなのだ。自作における死の意味を、草凪は『黒闇』で初めて明示したのである。『悪い血』の根底にあるものも同じだ。社会からの逸脱、すなわち死ぬかもしれない行動を取るしか日常から、そしてあらかじめ定められた運命から逃れることができない者たちを、この作者は書く。

本書で初めて草凪優作品を読む人がいるかもしれない。簡単に作歴を紹介しておこう。草凪は一九六七年生まれであり、日本大学芸術学部を中退後、二〇〇四年に官能小説『ふしだら天使』（双葉文庫）で作家デビューを果たしている。そこに至るまでにさまざまな職を経ており、映画監督を目指していた時期もあるという。草凪の小説を読んでいると、妙に懐かしさを覚えることがある。おそらくはかつてのATGや日活系の青春路線作品を観たときの記憶を、こちらが重ねてしまっているのだろう。たとえば東陽一監督『サード』のような。初めにも書いたが、草凪作品を読むと悶々として寝つけないことがあった若き日を思い出す。『サード』の中に、永島敏行演じる主人公が鑑別所で自慰に耽る有名な場面があるが、あのあたりに表現者・草凪優の源流はあるのではないかと思う。

　草凪のデビューは、ちょうどフランス書院文庫などの専門レーベルが展開したハード路線が下火になってきたころで、純愛の関係を中心に据えたものや年上の女性によって手ほどきを受けるといった内容に人気が出始めていた時期だった。草凪はデビュー第三作の『桃色リクルートガール』（二〇〇五年。双葉文庫）で、宝島社の年刊ムック『この文庫がすごい！』の名物企画だった官能文庫大賞の第三回を獲得している。このときの座談会で選考委員の凡野辰夫が、巻頭すぐに性愛場面があるのが官能小説の基本フォーマットだが、草凪作品はそのものずばりが出てくるのが遅い、という趣旨の発言をしている。刺激的な官能描写だけではなくて物語で読者を惹きつける工夫を、かなり早期の段階からこの作者は試していた。行為そのもののためにファンは草凪の小説を読んだのではない。主人公が胸を焦がして妄想に耽る、その姿に自己を投影して楽しんだのだ。

　草凪はその後、個性的な男女が結ばれるまでを主筋とするスクリューボール・コメディ風の官能小説を量産していく。その中には『下町純情艶娘』（二〇〇五年。双葉文庫）『色街そだち』（二〇〇六年。祥伝社文庫）のような、東京下町を舞台にしたものがある。特に後者には昭和末期の情景が丹念に描かれており、文章で再現した日活ロマンポルノとでもいうべき味わいだ。また、この作品はコミカルさよりもむしろ青春の苦さを前面に押し出しており、作家としての引き出しの多さを感じさせた。

　草凪が男女の情念を描く作家としての本領を最初に発揮したのは、二〇〇九年に発表した『どうしようもない恋の唄』（祥伝社文庫）だった。死を覚悟して場末の街に流れついてきた男と、偶然彼を救うことになるソープ嬢の女との物語だ。体を重ねている間は男が死ぬことはないと、女はその身を与え続ける。ここに描かれているのは愚かなほど男に優しい女と、それに甘えて女を破滅させてしまうほどに愚かな男である。男女が共に「どうしようもない」のであり、刹那の悦びを味わうことでしか生を実感できない人間の心情が切なく描かれる。同作で草凪は再び官能文庫大賞を受賞するが、選考委員の岩井志麻子が「エロ場面なくても全然成り立っとる」と発言するなど、小説そのものが高く評価された。

この作品で草凪は、我が身を引き裂く負性の感情によって眠れぬ夜を過ごす主人公を初めて描いたのだ。

『どうしようもない恋の唄』以降の草凪は、愚かな人間は愚かにしか生きられないという当たり前の事実を繰り返し書くようになる。愚かな人間がしぶとく、たとえ這いずってでも生き抜いていこうとする姿を、美化せず、誠実な距離を保って書くのである。人生には安手のドラマのような改心や一発逆転の機会が訪れることなどない。愚かな人間はいつまで経っても愚かなままなのだから、自身を背負って生きていくしかないのだ。草凪の中にある徹底した現実主義者の顔と、愚かな者やその行為に共感してしまうロマンティストのそれとが共に見えてしまうようになってから、草凪作品は一気に小説の深みを増した。

現在世にある官能小説の多くは男の欲望充足のためにある。実用に供されてこそのジャンルであり、草凪も職人作家として需要を満たすことに徹してきた。ある座談会で、彼はこんな発言をしたことがある。

「やったことが全部無駄だった、って言って死んでいく運命なんだよ、僕らは」

すべてが泡沫(うたかた)になる覚悟のある者のみがこの稼業(かぎょう)につけ。そうした覚悟が草凪の発言には滲(にじ)んで見える。

そうした前置きをして言うのだが、草凪作品には男の身勝手さを全面的に肯定するわけではない、ある逆転が含まれていることが多い。たとえば前出の『どうしようもない恋の唄』では、女を食い物にして生きる中年男・矢代を主人公としておきながら、彼を生かさせてくれたソープ嬢・ヒナの美しさが最後には際立つ仕掛けになっているのだ。先にも書いたように男と女では愚かさの質が異なる。男の欲望を正当化しながら草凪は、それを許している女が真の主役であることを小説のどこかに書き込もうとするのである。男の空回りを書く作家、という言い方をしてもいいだろう。草凪作品を振り返って全体の構図を見たとき、いつも感じるのはヒロインの造詣の確かさだ。その意味では本書の潮音も、間違いなく読者の心に残る登場人物となるはずである。

物語はある形で登場人物たちが新たな人生への門出を迎える場面で終わる。ここから先には長い人生が待っている。どこに行くのか、どこまで行けるのか。はるか未来に彼らが、どんな夜を過ごすのか。それはまだ、誰にもわからない。願わくば、ほんの一瞬でも星の輝く空を眺められるような満ち足りた夜であることを。

一〇〇字書評

悪の血

切・り・取・り・線

**購買動機**（新聞、雑誌名を記入するか、あるいは○をつけてください）

| | |
|---|---|
| □（　　　　　　　　　　　　）の広告を見て | |
| □（　　　　　　　　　　　　）の書評を見て | |
| □ 知人のすすめで | □ タイトルに惹かれて |
| □ カバーが良かったから | □ 内容が面白そうだから |
| □ 好きな作家だから | □ 好きな分野の本だから |

・最近、最も感銘を受けた作品名をお書き下さい

・あなたのお好きな作家名をお書き下さい

・その他、ご要望がありましたらお書き下さい

| 住所 | 〒 | | | | |
|---|---|---|---|---|---|
| 氏名 | | 職業 | | 年齢 | |
| Eメール | ※携帯には配信できません | | 新刊情報等のメール配信を 希望する・しない | | |

この本の感想を、編集部までお寄せいただけたらありがたく存じます。今後の企画の参考にさせていただきます。Eメールでも結構です。

いただいた「一〇〇字書評」は、新聞・雑誌等に紹介させていただくことがあります。その場合はお礼として特製図書カードを差し上げます。

前ページの原稿用紙に書評をお書きの上、切り取り、左記までお送り下さい。宛先の住所は不要です。

なお、ご記入いただいたお名前、ご住所等は、書評紹介の事前了解、謝礼のお届けのためだけに利用し、そのほかの目的のために利用することはありません。

〒一〇一‐八七〇一
祥伝社文庫編集長　坂口芳和
電話　〇三（三二六五）二〇八〇

祥伝社ホームページの「ブックレビュー」からも、書き込めます。

www.shodensha.co.jp/bookreview

祥伝社文庫

悪(あく)の血(ち)

令和 2 年 4 月 20 日　初版第 1 刷発行

著　者　草凪優(くさなぎゆう)

発行者　辻　浩明

発行所　祥伝社(しょうでんしゃ)

東京都千代田区神田神保町 3-3

〒 101-8701

電話　03（3265）2081（販売部）

電話　03（3265）2080（編集部）

電話　03（3265）3622（業務部）

www.shodensha.co.jp

印刷所　萩原印刷

製本所　ナショナル製本

カバーフォーマットデザイン　芥 陽子



Printed in Japan ©2020, Yū Kusanagi　ISBN978-4-396-34618-8 C0193

# 〈祥伝社文庫　今月の新刊〉

笹本稜平
**ソロ** ローツェ南壁
ヒマラヤ屈指の大岩壁に、名もなき日本人が単独登攀で立ち向かう！　傑作山岳小説。

東川篤哉
**ライオンは仔猫に夢中**
平塚おんな探偵の事件簿3
湘南の片隅で名探偵と助手のガールズコンビの名推理が光る。人気シリーズ第三弾！

沢村　鐵
**極夜3　リデンプション**
警視庁機動分析捜査官・天埜唯
テロ組織、刑事部、公安部、内閣諜報部――究極の四つ巴戦。警察小説三部作、完結！

柴田哲孝
**RYU**
米兵は喰われたのか？　沖縄で発生した不可解な連続失踪事件に、有賀雄二郎が挑む。

草凪　優
**悪の血**
官能の四冠王作家が放つ、渾身の犯罪小説！　底辺に生きる若者が、自らの未来を切り拓く。

小杉健治
**母の祈り** 風烈廻り与力・青柳剣一郎
愛が女を、母に、そして鬼にした――。驚愕の真相と慈愛に満ちた結末に、感涙必至。

木村忠啓
**虹かかる**
七人の負け犬が四百人を迎え撃つ！　勝ち目のない闘い――それでも男たちは戦場に立つ。

黒崎裕一郎
**必殺闇同心　夜盗斬り** 新装版
闇の殺し人・直次郎が窮地に！　弱みを握り旗本殺しを頼んできた美しき女の正体とは？

工藤堅太郎
**葵（あおい）の若様　腕貸し稼業**
痛快時代小説の新シリーズ！　徳川の若様が、浪人に身をやつし、葵の剣で悪を断つ。